DIMITRI VERHULST

Den Sommer kannst du auch nicht aufhalten

Aus dem Niederländischen
von Rainer Kersten

OKTAVEN

Dieses Buch wurde mit Unterstützung der Flanders Literature herausgegeben.

FLANDERS LITERATURE

Die Originalausgabe mit dem Titel *De zomer hou je ook niet tegen* erschien 2015 bei Uitgeverij Atlas Contact, Prinsengracht 911, 1017 KD Amsterdam

1. Auflage 2019

Oktaven

ein Imprint des Verlags Freies Geistesleben
Landhausstraße 82, 70190 Stuttgart
www.geistesleben.com

ISBN 978-3-7725-3010-4

ⓔ auch als eBook erhältlich

Gestaltungskonzept: Maria A. Kafitz
Umschlagfoto: Sebastian Hoch
Satz: Bianca Bonfert
Druck: Himmer GmbH, Augsburg
Printed in Germany

J'aime l'homme incertain de ses fins
comme l'est,
en avril, l'arbre fruitier.

Ich liebe den Menschen,
der – dem Obstbaum gleich im April –
ungewiss ist über sein Wohin und Wozu.

René Char

Pierre liebte endlos lange, in gewisser Weise kontemplative Autofahrten allein, also war es kein Beinbruch, dass sein Passagier während dieser – dem Navi zufolge – zehnstündigen Fahrt in die Provence ein schweigsamer, vegetativer Idiot war.

Sonny hieß sein stiller Reisegefährte. Er war fünfzehn, fast sechzehn, und roch durchdringend nach Talkumpuder und Krankenhaus. Sonny. Ein super Name für einen geistig Behinderten, fand Pierre. Keine Ahnung, was die Mutter sich dabei gedacht hatte, ihrem Sprössling ausgerechnet diesen Namen zu geben. Sonny – aus welcher Wühlkiste mit Kindervornamen mochte sie ihn gefischt haben? Na, auf jeden Fall klang der Name sehr *sohnig*.

Und «vegetativer Idiot»? Nun ja, das Etikett, das er diesem Produkt eines reichlich schieläugigen Schöpfers damit verpasste, war vielleicht nicht das wissenschaftlich korrekteste. Wenn es überhaupt eine Bezeichnung für diesen ganz speziellen Fall gab. Außer ab und zu einem spastischen Zucken des Kopfes oder des astdürren Armes zeigte der Junge nur wenig Bewegung. Auch wäre es ein Euphemismus gewesen zu sagen, sein Wortschatz sei bloß etwas kleiner als jener der meisten anderen Witzfiguren, mit denen zusammen er den Fußboden seiner Pflegeeinrichtung vollsabberte: In Wahrheit sprach er nämlich überhaupt nicht. Ein paar Urlaute stieß er aus, okay, ein wenig Geächz und Gestöhn, aber stets zurückhaltend und manierlich. Und auch das Sabbern betrieb er eigentlich eher minimalistisch. Hin und wieder etwas schäumender Speichel auf den fleischlosen Lippen, wie bei einem fachmännisch zubereiteten Latte Macchiato, schockierender wurde es nie.

Auch Lachen, dieses von den Göttern den meisten Armen im Geiste zum Trost verliehene Geschenk, gehörte nicht zum Repertoire seines Körpers. Ebenso wenig wie Weinen. Nie verrieten seine Augen irgendeine Emotion. Ein Junge, der, wenn überhaupt etwas in ihm vorging, dies gut zu verbergen wusste.

Weniger als ein Affe – eine Pflanze, das war er. Eine Pflanze jedoch, der zu festen Uhrzeiten etwas in den Rachen gestopft werden musste. Manchmal fragte man sich, warum, denn die Nahrung verließ ihn in Gestalt von Substanzen, die den Beruf eines Krankenpflegers auf keinen Fall überbezahlt machten.

Vegetativer Idiot … Diejenige, die Pierre auf die passende, korrekte Bezeichnung für diesen besonderen Fall hätte hinweisen können, lebte nicht mehr.

Aber, ach, was spielte das noch für eine Rolle?

Sonnys Krankheit hieß eben «Sonny». Ganz einfach. Pierres Krankheit hieß «Pierre». Und so weiter. Zu guter Letzt leiden wir alle an uns selbst.

Natürlich war es Sonny vollkommen schnuppe, unter welcher Überschrift seine Sammlung von Abweichungen im medizinischen Lehrbuch geführt wurde. So wie auch sein Name ihn vollkommen kaltließ. Ob er je eine Verbindung zwischen sich und dieser Lautfolge hergestellt hatte, war äußerst fragwürdig. Er reagierte nicht, wenn man ihn rief, was sonst doch der dümmste Hund fertigbringt und angeblich auch eine seltene Zwerghamsterart. Also hatte Pierre seinen Reisegefährten schon immer mit dem Ersten und Dümmsten angesprochen, was ihm gerade in den Sinn kam. Die Namen von Topfpflanzen hatte er irgendwann als zynisch verworfen, wenn auch mit gewissem Bedauern, denn auf Latein klangen sie durchaus poetisch: Rhododendron japonicum. Arthrocereus glaziovii. Maxillaria tenuifolia. Wie auch immer: Mittlerweile befand Pierre sich in einer Phase, in der er seinen Begleiter mit Namen von Komponisten bedachte. Das brachte etwas Abwechslung in die Sache.

Am Morgen hatte er Sonny in seiner Pflegeeinrichtung abgeholt. Das war nichts Ungewöhnliches, Pierre war ein guter Bekannter von Sonnys Mutter, ein guter Bekannter gewesen, müsste man sagen, und hatte den armen Tropf bereits öfter aus seinem tristen Kerker befreit. Er fuhr mit ihm in den Stadtpark, schob den stummen Jungen im Rollstuhl dort um den Teich, umgeben von Schwärmen frisch gebackener Mütter, die alle genau dasselbe taten wie er, nur mit Kinderwagen. Er zeigte Sonny die quakenden Enten und fütterte sie – zu seiner Unterhaltung oder zumindest in der vagen Hoffnung darauf – mit Brot, obwohl ein Schild das den Parkbesuchern ausdrücklich verbot und mit «behördlichen Sanktionen» drohte, sollten Zuwiderhandelnde sich von dem einfachen Verbot nicht abhalten lassen.

Brotreste hatte Pierre immer. Das Alleinsein war seinem Appetit nicht zuträglich. Bis er zu Hause ein halbes Brot aufgegessen hatte, war die andere Hälfte hart genug für den städtischen Vogelbestand. Hatten die Enten sich lärmend gütlich getan, schlurfte er ins Parkrestaurant, stellte den Rollstuhl neben sich an den Tisch, bestellte ein Glas Rotwein, einen einfachen Château Migräne, und einen Teller mit jenem gastronomischen Müll, der diese Art Etablissements immer wieder zu einem unvergesslichen Erlebnis macht. Lustlos in seinem Fraß rührend, schaute er Sonny an und sagte: «Schön, dass du mir so nette Gesellschaft leistest, Mozart. So schmeckt das Essen viel besser. Mein Untergewicht ist dir zu großem Dank verpflichtet.»

Nach einigen Monaten kannten die regelmäßigen Parkbesucher – die Mütter mit ihren Kinderwägen, die ihre Schnauzer spazieren führenden Rentner, die noch unsicher aneinander herumfummelnden Teenager, die Gesundheitsgurus im Laufdress – dieses bizarre Duo aus junggebliebenem Sechziger und seinem unglücklichen Begleiter. («Junggebliebener Sechziger», so nannte man das heutzutage.) Sie gehörten zur geheimen Gemeinschaft des Stadtparks, wie sie überall auf der Welt aus denselben Kategorien von Leuten besteht. In den Blicken der anderen erkannte er Mitleid und Bewunderung ob seiner ungeheuren Selbstaufopferung. Gern hätte man ihn gefragt, ob dieser Fabrikationsfehler der Natur sein Sohn oder sein Enkel sei und warum sich niemals die Mutter im Park blicken ließ. Eine gewisse Scheu jedoch hielt sie davon ab.

Im Heim war man überglücklich, wenn Pierre das Pflegepersonal für zwei kurze Stunden entlastete. Nie genug Leute. Pisse, Kacke und Pillen beanspruchten den Löwenanteil des Zeitkontingents; für das Schenken von Zuwendung war man fast ausschließlich auf ehrenamtliche Helfer angewiesen.

«Bis nachher, Sonny – viel Spaß!», hatte der Pfleger gerufen, als er ihnen am Morgen zum Abschied zuwinkte. Ein sympathischer junger Bursche mit dem kompletten Satz olympischer Ringe im Ohr, einem japanischen – oder chinesischen – Schriftzeichen am Unterarm und einem Unterlippenpiercing. Wahrscheinlich steckte unter seiner Kleidung noch ein halber Eisenwarenladen. Womöglich blieb er wegen seines magnetischen Intimschmucks regelmäßig mit dem Gemächt am Kühlschrank oder dem Grillrost hängen. Aber vor allem, und das war das Wichtigste, besaß er eine unglaubliche Energie und einen noch unglaublicheren Optimismus, der ihn seit nunmehr über fünf Jahren davor bewahrte, seinen Job einfach hinzuschmeißen. «Bis nachher!»

Der junge Pfleger konnte nicht wissen, dass Pierre heute mit Sonny nicht in den Park gehen würde. Ja, nicht einmal vorhatte, mit ihm zurückzukommen. Pierre wollte ihn mitnehmen – oder entführen, wenn sich das Wort in diesem Zusammenhang nicht so geschwollen anhörte –, und zwar in die Provence. Dort würde er Sonny einen ganz bestimmten Berg hochwuchten und ihm gewisse Dinge erzählen. Dinge. Eine Mär von zwei Liebenden als Gutenachtgeschichte. Weil ihm das auf der Seele lag. Weil es sein musste. Ein narratives Klistier sozusagen. Außerdem würde Sonny in kaum vierundzwanzig Stunden entgegen aller medizinischen Vorhersagen seinen sechzehnten Geburtstag feiern, und Pierre war kein besseres Geschenk eingefallen als eine Geschichte. Und dann – weiter wusste Pierre auch nicht. Er hatte keinen Plan. Alles war offen. Er konnte Sonny den Berg hinunterstoßen, zusammen mit ihm in die Tiefe taumeln. Oder sie konnten sich eine andere Fortsetzung ausdenken. Jeder dieser Optionen sah er gelassen entgegen.

—

Seit die Europäische Union den freien Verkehr von Waren und Menschen ermöglichte, konnte man ungestört einen Behinderten über die Grenze schmuggeln. Pierre konnte sich noch an Zeiten erinnern, in denen man sich schon mit einer Kiste Wein oder einer Stange Zigaretten nur schwitzend am Zoll vorbeimogelte. Dieses alte Europa steckte ihm noch in den Knochen, und so spürte er eine Brise der Erleichterung durch sein Gemüt wehen, als er die demontierten Schlagbäume zum Land von Käse und Wein, von Schnecken, Rillette, Camembert, Champagner und Austern, von Louis-Ferdinand Céline, politischer Debattiersucht, von stöhnenden Sängerinnen, niederträchtiger Größe, von Alain Bashung, Petanque und Pastis überquert hatte. Frankreich hatte schon immer die Gabe besessen, ihn ganz einfach glücklich zu machen. Er war ein Dummkopf, dass er nie dort gelebt hatte.

Sein Smartphone schmetterte triumphierend mehrere Tuschs: die Tarife fürs Telefonieren und Simsen im Ausland. Sie waren in Frankreich, jetzt konnte nichts mehr schiefgehen.

Pierre war schon immer ein Mensch fester Rituale gewesen, ein sentimentales Weichei, und so hupte er kurz, als sie die Grenze passiert hatten, und schob eine silberne Scheibe in den CD-Player: *La nuit je mens*.

«Hey, Chopin, kennst du das hier? Alain Bashung. Einsame Spitze!»

Chopin schien wenig beeindruckt.

«Weißt du, als ich das erste Mal mit deiner Mutter hier war, hatte ich die CD auch dabei. Wir waren unterwegs nach Boulogne-sur-Mer. Es war eine spontane Eingebung. ‹Was wollen wir machen?›, hatte ich gefragt, und wie aus der Pistole geschossen hatte sie geantwortet: ‹Nach Boulogne-sur-Mer, Austern essen und Champagner trinken!› Wir zögerten keinen Moment. In solchen Dingen zögerten wir nie. Innerhalb einer Minute saßen wir im Auto. Auch wenn es bessere Orte gab, um Austern zu essen, Boulogne-sur-Mer sollte es werden – und fertig. Das schönste aller hässlichen Seebäder. Deine Mutter war die erste und einzige Frau in meinem Leben, die meine Liebe zu überhöhter Geschwindigkeit teilte. Das Einzige, worauf sie an diesem Morgen bestand, war, ans Steuer zu dürfen, weil sie selbst unheimlich gern fuhr. Am liebsten mitten in der Nacht, hatte sie mir erklärt, über stockfinstere Straßen, wenn die hypnotisierenden weißen Streifen auf dem Asphalt wild unter dem Wagen hindurchjagten. Sie fuhr übrigens überhaupt nicht schlecht. Soll ich dir was verraten? Sie konnte zehnmal besser einparken als ich! So was wäre den meisten Männern wohl peinlich, mir aber nicht. Ich war stolz auf ihr Einparktalent. Und da, vor der Fahrt nach Boulogne-sur-Mer, vereinbarten wir feierlich, dass nachts von nun an immer sie fahren sollte. Das war für mich ein gutes Verhandlungsergebnis, weil meine Augen und meine Reflexe im Dunkeln nichts taugen. Du wirst es noch merken, wenn wir heute Abend die letzten Kilometer hinter uns bringen … Ob sie Alain Bashung wirklich mochte, habe ich nie herausbekommen. Aber sie sang seine Cover-Versionen mit. *Que reste-t-il de nos amours, Les amants d'un jour.* Klassiker des französischen Chansons, die jeder kennt, ohne zu wissen, woher. Wir sangen. Zusammen. Sie wie ein Vögelchen, ich wie eine

Waschtrommel. Ich war die Leichtigkeit in Person an dem Tag – längst über Vierzig, lieber Brahms, aber zum ersten Mal sah ich von der französischen Küste aus die weißen Kliffs von Dover. Es war herrlich … Drei Flaschen Champagner haben wir an dem Abend geköpft. *Bubbles, no Troubles.* Austern konnten wir nicht finden.»

Hatte Pierre die Geschichte schon einmal erzählt? Sich selbst tausend Male, aber soweit er sich erinnern konnte, nie einem Dritten. Auch wenn ihm klar war, dass es mit Sonny als Zuhörer darauf hinauslief, dass er sie sich nun zum tausendundersten Mal selbst erzählte.

Ein paar Kilometer und einen ersten Blitzer später murmelte er vor sich hin: «Que reste-t-il de nos amours?» Dann schwieg er und genoss die flüchtigen Gedanken, die ihm von irgendwoher durch den Kopf gingen, ausgelöst von der Fahrt über die schnurgerade Autobahn. Mein Gott, wie er diese langen Fahrten liebte! Das träumerische Padam-Padam bei jedem Passieren einer Fuge im Straßenbelag. Padam, padam, padam. *Des toujours qu'on achète au rabais.*

Sein Telefon meldete sich. Auf dem Display die Nummer des Heims. Dort machte man sich langsam Sorgen, wo der Patient blieb. Sie würden es den ganzen Nachmittag und Abend sicher weiter versuchen.

«Stellen wir das Ding einfach aus!»

War es schlimm, dass Sonny der Obhut der Pflegeeinrichtung für ein Weilchen entfloh? Pierre wusste, dass der Junge regelmäßig Pillen bekam. Aber ob der pharmazeutische Plunder nun wirklich etwas bewirkte und ob Sonny nicht einfach ohne auskäme? So oder so: Pierre hatte keine Medikamente dabei. Und auch keine Windeln.

Ob sie Sonnys Windelgröße im Tankstellen-Shop hätten? Vermutlich nicht. Inkontinente Lastwagenfahrer waren selten. Vorläufig jedoch roch es im Wagen noch nicht alarmierend. Aber da Vorbeugen ja bekanntlich besser ist als Heilen, würde Pierre an der nächsten Tankstelle einen kurzen Sanitätsstopp einlegen. Außerdem war es höchste Zeit für einen Kaffee. Das Auto hatte übrigens auch Durst, die Anzeige verlangte sehnlichst nach einem Schluck Diesel.

«Was meinst du, Strawinsky, wollen wir uns kurz die Beine vertreten?»

Sein ganzes Leben schon saß Sonny im Rollstuhl. Doch vielleicht ja nur, um es dem Pflegepersonal leichter zu machen. Zwar hatte er den Jungen noch nie laufen sehen, aber musste man daraus schließen, dass er es nicht konnte? Er hatte einen neuen Rollstuhl bekommen – Hightech, mit Knöpfen, die Pierre nicht anzurühren wagte. Wahrscheinlich musste die Batterie des Debilenboliden in einigen Stunden sogar noch aufgeladen werden. Dann könnte er Sonny an der Tankstelle kurz neben ein paar hippen Hybrid-Schlitten abstellen. Cool. Keine Ahnung jedoch, wie man das machte. Was war eigentlich falsch an einem einfachen, altmodischen Rollstuhl?

Der Vorteil eines Toilettenbesuchs mit einem Andersbegabten besteht darin, dass er vollkommen gratis ist. Pierre hatte schon öfter eine Behindertentoilette benutzt, er tat das, wenn er dringend musste und alle anderen Kabinen besetzt waren. Diesmal jedoch erfüllte der Gedanke ihn mit Grausen.

Er hatte noch nie einen Mann ausgezogen, noch nie das Geschlecht eines anderen Mannes berührt. Doch für alles gibt es ein erstes Mal. Ein Kind jedenfalls konnte man Sonny nicht mehr nennen, wie sich schnell herausstellte. Das mächtige Gerät eines ausgewachsenen Bengels in einem gigantischen Storchennest von Schamhaaren kam zum Vorschein.

Sonny musste aufs Klo gesetzt werden und sein Pimmel nach unten gedrückt, sollte hinterher nicht die ganze Kabine landunter stehen.

Pierre horchte, ob das Entwässerungssystem des Jungen seine Arbeit aufnahm, und war froh wie ein junger Vater vorm Töpfchen des pressenden Sprösslings, als er einen herzhaften diarrhöischen Furz hörte.

Jetzt ruckzuck abwischen – und fertig. Die gesamte Operation hatte zwanzig Minuten gedauert.

Im Shop kaufte er das Magazin *Les Inrockuptibles*, eins seiner festen Rituale in Frankreich. Wie auch die drei Päckchen Gitanes. Die Fotos darauf zeigten einen geschwollenen blutigen

Rachen, als sei dem unglücklichen Raucher an der Stelle ein extraterrestrischer Champignon gewachsen, und Pierre fragte den Verkäufer, ob er die Päckchen gegen drei andere mit der Warnung vor Schäden bei Schwangerschaft eintauschen dürfe. Das paffte sich doch etwas genussvoller. Auch ein paar Croissants mussten gekauft werden. Ebenfalls aus Tradition. Zwar schmeckten sie längst nicht mehr so köstlich wie früher, die Qualität seiner Jugend gab es nicht mehr. Er aß sie ausschließlich aus Nostalgie, sozusagen zeremoniell. Windeln für Erwachsene hatte er in der Tat nicht gefunden: Der Verkauf unreifer Bananen, Energiedrinks und labbriger Brötchen mit Gummikäse und kunstledernem Schinken war gewinnbringender.

Er wusste, dass Sonny schlecht schluckten konnte. Feste Nahrung konnte man ihm zwar eintrichtern, es war aber eine Mordsarbeit, und man riskierte, dass der Junge erstickte. Trinkjoghurt war das Nahrhafteste, was Pierre hatte finden können. «Schlucken, Schubert, schlucken! Er ist mit frischen Erdbeeren, wenn wir der Aufschrift trauen dürfen.» Der dicke Brei kleckerte Sonny übers Kinn und aufs Hemd. Trotzdem bekam er eine ziemliche Menge hinein, genug immerhin, um Pierres Gewissen zu beruhigen. «An Hunger wird er jedenfalls nicht sterben.»

Wieder im Wagen, bemerkte Pierre, dass er die vom Navi angegebene Ankunftszeit schon um mehr als siebzig Minuten überschritten hatte, dabei waren sie gewissermaßen gerade erst losgefahren. Luxemburg lag noch im Rückspiegel. Oft machte Pierre sich den Spaß, seinem Navi eine lange Nase zu drehen, indem er versuchte, schneller anzukommen, als es der Logarithmus – oder war es ein Algorithmus? – ihm naseweis ausgerechnet hatte. Für heute jedoch begriff er die Aussichtslosigkeit eines solchen Vorhabens. Das Navi würde um Längen gewinnen. Dies eine Mal konnte er ihm das zugestehen.

—

Als ihm die Eingebung zu dieser sentimentalen Reise mit Sonny gekommen war, hatte Pierre noch geplant, den bewussten Berg in der Provence sofort zu besteigen. Er hatte nicht damit gerechnet, von seinem Navi einen Rückstand von vier Stunden vorgehalten zu bekommen, als er das Ziel endlich erreichte. Es war schon dunkel. *Eine Nacht auf dem Kahlen Berge* gehörte nicht zu seinen Lieblingskompositionen. Ihm blieb nichts anderes übrig, als sich ein Hotelzimmer zu suchen, und automatisch fuhr er mitten ins Zentrum von Avignon, ohne dabei den Kulturkalender zu bedenken, der mit allerlei Haupt- und vor allem Nebenattraktionen des dortigen berühmten Theaterfestivals gefüllt war. Ein Zusammentreffen von Umständen, das in ihm Wehmut auslöste, als es ihm bewusst wurde.

Paris war eine prächtige Stadt mit nur einem einzigen Schwachpunkt: den Parisern. Zwei Schwachpunkten, pardon: Da waren außerdem noch die Preise. Das Problem der Provence waren die belgischen und holländischen Touristen. Zumindest im Sommer. An sich erträgliche Zeitgenossen, die außerhalb ihrer Landesgrenzen ihren Ruf jedenfalls besser zu wahren wussten als die Briten, die Schweden oder die Deutschen. Aber sie kamen in unerträglichen Mengen. Es quälte Pierre, irgendwo auf einem Schaufenster

«Boulangerie» zu lesen und im Inneren trotzdem nur Antwerpener und Maastrichter Dialekt zu hören. Andere Sprachen als das Französische waren in der Provence für ihn so was wie Tomaten aus der Dose: Man musste ihre Existenz akzeptieren, viele fanden sie sogar normal. Von überall her auf den Terrassen schlug einem das Geplapper dieser Leute entgegen, die offenbar meinten, niemand hier würde ihre halb trunkenen Ergüsse verstehen. Und diese Landplage wurde nun noch um zwei Exemplare der belgisch-niederländischen Spezies vermehrt.

Angesichts der Hochsaison war die Chance eigentlich gleich null, irgendwo noch ein Doppelzimmer zu finden. Verzweiflung hatte Pierre noch nie mutig gemacht, sonst könnte man sagen, dass er mit dem Mut der Verzweiflung das *Hôtel d'Europe* stürmte und der jungen Rezeptionistin zwei kurze und einfache Fragen stellte. Ganz selbstsicher. Erstens: Sie haben bestimmt noch ein Zimmer? Zweitens: Sie akzeptieren doch Haustiere? Doch als er beim Einchecken gebeten wurde, seine Kreditkarte vorzulegen, um seine Solvenz zu beweisen, spürte er den alten

Rebellionsgeist in sich wieder wach werden. Big Brothers bucklige Mischpoke, wohin man nur blickte! Und wenn er nun zufällig keine Kreditkarte hätte, dafür aber die Taschen voll Cash, könnte er dann kein Zimmer bekommen? Nein, könnte er nicht. Aber wenn er gar nicht beabsichtigte, seine Karte zu benutzen, warum müsse er sie dann zeigen? Für den Fall, dass Monsieur etwas aus der Minibar nehmen würde. Aber er habe überhaupt nicht vor, die Minibar mit all diesen mickrigen Fläschchen und überteuerten Erfrischungsgetränken auch nur anzurühren, er sei sogar bereit, eine entsprechende Erklärung zu unterschreiben.

Trotzdem, Monsieur. In Teufels Namen also, okay. Er war ja schon froh, ein Bett für die Nacht zu bekommen.

Das Mädchen in Männeruniform fragte, wo sein Haustier denn sei. Er habe keins. – Dummes Ding, dachte er. Er habe doch niemals behauptet, eins zu besitzen, oder? Er hatte nur gefragt, weil Hotels, die Haustiere erlaubten, meist auch der Gattung pflanzenhaft dahinvegetierender Behinderter gegenüber größere Toleranz zeigten.

Das Hotel hatte einen Fahrstuhl, und Pierre fiel ein, dass eigentlich das seine dritte Frage hätte sein müssen.

Er hatte noch Hunger, bis auf die viel zu fettigen Croissants und die paar Styroporbrötchen unterwegs hatte er nichts gegessen. Ob wohl sein Lieblingsbistro, das *Balthazar*, noch existierte? Er wusste, dass ein Besuch dort seine Stimmung auf null bringen würde. Aber er hatte dort immer gerne gegessen; war glücklich gewesen. Vor langer Zeit. Mit Sonnys Mutter – wem sonst? Auf der Getränkekarte des Bistros fand man Pastis 51 – nicht diesen ekligen Ricard, der mit minderwertigem Süßholz hergestellt wurde! Und die Küche blieb lange geöffnet. Also wurde es dieses Lokal.

Für einen im Rollstuhl sowie für den, der ihn schob, war das Straßenpflaster die Hölle, und Sonnys Zähne klapperten denn auch begeistert. Padam, padam, padam. Wenn dieser Hirni jetzt nur nicht die Zunge aus dem Mund hängen ließ, sonst müsste Pierre auch noch ein Stück blutiger Fleischwaren vom Boden auflesen, um es von einem gewiss kaum zu findenden diensthabenden Notarzt wieder annähen zu lassen.

Unterwegs zum Restaurant wurden sie von einer Truppe Komiker aufgehalten, verkleidet als römischer Kaiser, Begine, Kleopatra und so weiter. Helden des Dorftheaters, die ein ganzes Jahr lang Tombolalose verkauft, Muschelessen organisiert und sich trotzdem noch hoch verschuldet hatten, um in Avignon einen Saal mieten zu können, in der Hoffnung, endlich den internationalen Durchbruch zu schaffen, den ihre Selbstkritik ihnen seit langem schon prophezeite. Sie verteilten Flyer, sangen falsch, aber voll Inbrunst, und warben flehentlich um Publikum. Pierre hatte nichts gegen Amateurtheater, hatte sich selbst schon daran versündigt, viel Lieb und Leid dabei durchlebt, aber die Portionen, in denen diese Begeisterung für die hobbyistische Podiumkunst ihm hier aufgetischt wurde, waren ihm dann doch etwas zu mächtig. Wusste man es nicht besser, hätte man nicht glauben mögen, dass in der Stadt gleichzeitig auch wirklich bedeutendes Theater gespielt wurde, Top-Produktionen, über die die Amateure bestimmt aus Ressentiment die Nase rümpften. Die weihevollen Kritiken in *Le Monde* waren schlicht unverdient, das wussten sie, ohne die betreffende Inszenierung gesehen zu haben.

«Weißt du, Chopin, was dein großer Vorteil hier ist? Jeder denkt, du wärst bloß als Behinderter *verkleidet*! Obwohl – Vorteil? Am Ende müssen wir für die Toilette noch bezahlen!»

Das *Balthazar* war immer noch an der alten Stelle und sah auch immer noch genauso aus, mit gelben Markisen, unter denen Pierre sich bei jedem Besuch geradewegs in einem Gemälde von van Gogh gefühlt hatte. *Café de nuit*, eine billige Reproduktion davon hatte einst sein Jugendzimmer geziert. Nie hatte es ihn gelangweilt, dieses Bild zu betrachten. Später hatte er es seiner Tochter geschenkt, in der Hoffnung, ihr damit dieselben Teenagerträumereien zu bescheren; soweit er jedoch wusste, hatte das nie zu nennenswertem Interesse an Malerei bei ihr geführt.

Während Pierre vor dem Restaurant seinen Pastis schlürfte, studierte er die Speisekarte und sagte zu seinem Tischgenossen: «Deine Mutter hätte bestimmt die Dorade genommen.» Worauf nunmehr er die Dorade bestellte. Den Blick des Fischs auf seinem Teller erkannte er wieder. Er selbst lief – so kam es ihm vor – oft mit zwei ebenso toten Augen umher.

Und Sonnys Blick? Überraschenderweise sah der Junge immer noch erstaunlich frisch aus. Die Reise hatte ihn offenbar kaum ermüdet. Entspannt saß er in seinem Rollstuhl und wirkte jedenfalls nicht behinderter als der Tourist, der zwei Tische weiter laut lallend sein festes Repertoire Blödsinn abspulte.

«Vor vielen Jahren, Chopin» – Pierre merkte, dass er die Liste von Komponisten nicht mehr vollständig abarbeitete, vielleicht, weil «Chopin» ihm doch am besten gefiel – «vor vielen Jahren saß ich an einem Abend schon einmal hier. Deine Mutter war kurz in die Stadt gegangen, und ich hatte eine Verabredung mit einem Freund – ein hervorragender Pianist, aber vor allem ein

Freund. Es war ein Jahrtausendsommer, das Zirpen der Grillen in den Wipfeln der Platanen war ohrenbetäubend. Wir wollten das gute Leben genießen, lecker essen, ein paar Pichets Rotwein die Kehlen hinunterplätschern lassen. Einen herrlichen Gigondas. Und ich hatte vor, ihm endlich von deiner Mutter zu erzählen. Mein Kumpel hatte viel zu berichten, unter anderem von den Massen weiblicher Schönheiten, die hier überall auf den Straßen flanierten. Männergespräche, du weißt schon. Ich war nie ein so großer Anhänger davon, aber es war mein Schicksal, immer an Freunde zu geraten, die solche Konversationen heiß liebten. Dort, wo du jetzt sitzt, saß damals er. An genau demselben Tisch. Irgendwann sagt er: ‹Verdammt, Pierre, schau mal da hinten, was für eine geile Braut!› Worauf die geile Braut zu mir kommt und mich auf den Hals küsst. Meine Nackenhaare können den Kuss immer noch spüren. Es war deine Mutter. Das feierliche Bekanntmachen meiner Geliebten mit meinem Freund war damit erledigt.»

Der Besuch des *Balthazar* hatte Pierre tatsächlich den emotionalen Knock-out verpasst. Im Hotel machte er alles, was in der Minibar kein Erfrischungsgetränk war, bis zum letzten Tropfen nieder. In sein Notizbuch (*One line a day, a five-year memory book*), in das er jeden Tag – auch wenn er das Mädchenhafte des Tagebuchführens eigentlich ablehnte – genau einen Satz eintrug, um seine oft viel zu flüchtigen Gedanken irgendwie festzuhalten, notierte er: «Die Erinnerung erinnert sich an mich; ich lebe und bin damit Vergangenheit.»

Danach schlief er ein, nackt, neben Sonny, zärtlich beschützend den Arm um ihn gelegt. Irgendwie väterlich.

—

Es war eine Herkulesaufgabe gewesen, Sonny den Berg hinaufzubekommen, im Vergleich dazu war Christus, das Gewicht seines Kreuzes über das Pflaster von Jerusalem schleppend, ein lausiger Dünnbrettbohrer gewesen. Den Rollstuhl über Stock und Stein nach oben zu wuchten hatte sich als unmöglich erwiesen, und so hatte Pierre seinen Reisegenossen getragen – haltend wie eine Pieta. Bei Bildern von Leid und Elend flüchten wir doch immer wieder zur Religion.

Glücklicherweise war der Junge nur Haut und Knochen. Oben angekommen, hatte Pierre ihn mit dem Rücken an den Stamm eines Baumes gesetzt. In den Schatten, denn der Ofen der Provence glühte zum Wohl der Weintrauben schon wieder auf vollen Touren. Dann war er den Berg noch mal hinuntergestiegen, um den Rollstuhl zu holen, auch wenn er sich nicht vorstellen konnte, dass jemand so ein Ding stehlen würde. Aber man wusste ja nie. Bestimmt gab es einen Schwarzmarkt für Rollstühle. In Zeiten der Krise gab es alles. Und dann war er die ganze Strecke noch einmal gelaufen, um seinen heiligen Gral zu holen: die Kühlbox mit herrlichen Weinen – den Proviant für ihr Picknick. Und das in seinem Alter. Nach drei Ab- und Wiederaufstiegen spürte er im Rücken den vertrauten Schmerz. Hexenschuss, hatte sein Physiotherapeut ihm erklärt. Nichts dran zu machen. Zähne zusammenbeißen und den harten Mann spielen.

Obwohl er außer Atem war und eine Bullenhitze herrschte und er wiederholt erwogen hatte, sich doch mal beim Kardiologen durchchecken zu lassen, zündete Pierre sich eine Zigarette an. Gitanes. Die Kaiserin unter den Glimmstängeln, berühmte Namen waren an ihr zugrunde gegangen. Nur die Länge ihres Genusses enttäuschte. Zu kurz. Sechsmal inhalieren – und der Sargnagel war aufgeraucht. Futsch.

Während er rauchte, ließ er den Blick über die Landschaft schweifen. Einmal das komplette Panorama.

«Da sind wir, Chopin. Hierher wollte ich dich bringen. *The fool on the hill.* Hättest du je gedacht, alter Freund, noch mal so eine Reise zu machen? Je etwas anderes zu sehen als deine deprimierende Einrichtung? Atme mal tief ein – riechst du's? Lavendel! Und Feigen. Deine Mutter war verrückt nach dem Duft frischer Feigen! Riecht gut, was? Doch ein Stück raffinierter als die Kacke, die dein Zimmergenosse in sein Bett scheißt und an die Wand schmiert.

Du kannst es ja nicht so zeigen, aber meiner Meinung nach fühlst du dich hier ganz wohl.»

Richtig bequem schien Sonnys Position an dem Baum jedoch nicht zu sein, und so bugsierte Pierre ihn wieder zurück in seinen futuristischen Rollstuhl, den er inzwischen «Naboo Royal Starship II» getauft hatte. Angesichts seiner stechenden Schmerzen im Rücken hätte er sich eigentlich selbst gern ein Weilchen hineingesetzt.

Die Landschaft.

«Chopin, siehst du den Bergrücken da hinten, den mit dem weißen Gipfel? Das ist der heilige Berg der Aufklärung: der Berg, an dem die Menschheit ihren langen Weg der Säkularisierung begonnen hat. Der Mont Ventoux. Vor langer Zeit, als du noch ungeboren und gesund warst, ist ein Dichter dort hinaufgestiegen: Petrarca. Er wollte beweisen, dass überhaupt keine Götter dort wohnten. Wirklich vom Götterglauben befreit kann man die Welt zwar noch nicht nennen, insofern hat die Aufklärung ihr Ziel nicht erreicht, immerhin aber hat Petrarca mit seiner mutigen Tat den Grundstein für den modernen Radfahrtourismus gelegt. Jedes Jahr kämpfen sich wer weiß wie viele Spinner bis auf zwei Kilometer über dem Meeresspiegel oder beinahe da hoch – ihre Götter heißen Marco Pantani und Eddy Merckx, ihr Märtyrer Tom Simpson. Ich muss zugeben, auch ich gehörte mal dazu. Wie die meisten tat ich den Schwur im Bistro, in Gesellschaft von Freunden bei einem Glas Beaujolais, eine Zigarette zwischen den Fingern. Ich war dreiunddreißig, genauso alt wie deine Mutter, als ich sie kennenlernte ... Du weißt, was die vier guten Lebensalter sind? Sechzehn, dreiunddreißig, fünfundvierzig und achtundsiebzig – zufällig auch die vier möglichen Abspielgeschwindigkeiten eines Grammophons, aber egal. Dreiunddreißig also, als ich besoffen den Eid schwor, mich dieser sportlichen Herausforderung zu stellen. Vorteil war, dass ich sowieso mit dem Rauchen aufhören wollte. Acht Jahre lang hielt ich es durch, und in den acht Jahren habe ich mich fanatisch in diesen Sport gestürzt, in dem albernen Outfit, das so ein Raddress zweifellos ist. Ein paar Mal hoch auf den Ventoux, auf den Tourmalet und die Alpe d'Huez. Die Klassiker halt: Flandernrundfahrt, Lüttich – Bastogne – Lüttich, Amstel Gold Race … Man sieht's ihnen vielleicht nicht so an, aber das alles steckt noch in diesen kümmerlichen Beinchen. Doch eines Tages war meine Liebe zum Radsport auf einmal zu Ende. Von heute auf morgen. Ich hatte ein Loch im Reifen und habe es nie mehr geflickt. So geht das mit großen Leidenschaften. Ich ging in den Zigarettenladen und kehrte zu meiner früheren Geliebten zurück, die dort geduldig all die Zeit auf mich gewartet hatte.

Und da hinten, Chopin, siehst du die leicht gezackte Bergkette da? Siehst du sie? Die hat deine Mutter mir damals gezeigt: den Luberon. Fantastische Weine haben die dort. Ein wenig unterschätzt, die Konkurrenz in Frankreich ist ja auch mörderisch. Aber trotzdem: als ob ein Engelchen dir auf die Zunge pisst!

Die Stadt da unten links, da kommen wir her. Avignon. Ein unbedeutendes Nest, bis die Päpste sich dort zum fröhlichen Exil niederließen. Schlaue Burschen: umgeben von Weinbergen – die Ärmsten! – und all den anderen Leckerbissen, die diese Gegend zu bieten hat, von Oliven bis Bauerntöchtern. Eine verzwickte Geschichte hat sie später wieder in ihr potthässliches Rom zurückgebracht, und da sitzen sie immer noch und heulen in ihrem geschmacklosen Vatikan um ihre Besitzungen hier. Ihre Kirchen und Kapellen sind inzwischen profaniert und in Apartments umgewandelt worden. So habe ich mit deiner Mutter mal ein paar Nächte in der ehemaligen Église de Notre-Dame-la-Principale zugebracht. Wir haben es getrieben wie die Karnickel. Karnickel, Schmetterlinge, Murmeltiere. Wie Tauben, Rehe und all das andere schöne Getier auf Gottes Erdboden. Nie aber wie Menschen. Das war unter unserem Niveau.»

Pierre war in Form für einen langen Monolog, aber an dieser Stelle musste er stocken. Der ideale Moment für eine Zigarette.

Er fuhr fort.

«Wenn du der Linie meines Fingers nach da hinten folgst, siehst du irgendwann Vacqueyras dort liegen. Noch so ein Weinparadies. In ihrer Jugend hat deine Mama dort fantastische Sommer verbracht. Man merkte das, wenn sie von der Gegend erzählte. Es klang immer so, wie ich hoffe, dass sie mit anderen über mich redete. Hätte sie mich nur einmal einer Freundin so angepriesen wie *mir* die provenzalischen Oliven – mein Ego wäre für den Rest meines Lebens zufrieden. Alle Demütigungen und Rückschläge könnte ich frohgemut ertragen. Vielleicht hat sie mich ja wirklich mal jemandem so beschrieben. Möglich wär's immerhin. Ich weiß es nicht.

Sie sehnte sich unendlich danach, dauerhaft an diesen traumhaften Ort zurückzukehren. Die Schauspielerei, obwohl sie darin Triumphe feierte, befriedigte sie nicht mehr. Solange sie auf der Bühne stand, machte ihr der Beruf zwar immer noch Spaß, ungeheuer sogar, aber ihr Herz suchte etwas anderes. Und was ich mit jeder Faser meines Leibes gewünscht hatte, fragte sie mich: ob ich zusammen mit ihr an diesem Ort leben wolle? Kannst du dir das vorstellen, Chopin: Eine Frau, viel zu schön für mich, die kriegen konnte, wen immer sie wollte, und diesem Vergnügen auch reichlich gefrönt hatte, eine Frau, *die* Frau, in die ich bis zum Wahnsinn verliebt war, und das nicht nur wegen ihres wundervollen Körpers, diese Frau fragte mich, einen mittelmäßigen Typen, ob ich mit ihr in die Provence ziehen wolle! Jeden Morgen neben ihr wach werden, während das Licht durch die blauen Fensterläden hereinfällt. Jeden Abend mit ihr den Grillen lauschen und über die schwierige, lebensentscheidende Frage nachdenken: Was wollen wir essen?

Was glaubst du, war meine Antwort?

Genau!

Wir standen zusammen auf diesem Hügel. Eigentlich war es zum Vögeln zu warm, aber die Lust und die Freude über den soeben geschlossenen Bund waren zu groß. Es gibt nun mal Dinge, die keine Ausflüchte dulden. Hinterher war mein Rücken verbrannt und mein Hintern krebsrot. Egal, ich wusste, wessen Finger mir lindernden Balsam darauf schmieren würden ... Jetzt denkst du wahrscheinlich, ich hätte dich hierhergebracht, um dir pathetisch vom Tag deiner Zeugung zu berichten, aber das ist nicht der Fall. Die Geschichte kommt später … Als wir uns wieder angezogen hatten, zeigte sie mir die Dächer des Dörfchens da unten. Sie fragte, ob ich wisse, wie die typischen Dachziegel in der Provence hergestellt würden und wie sie ihre spezielle Rundung bekämen … Weißt du's, Chopin? Na, ich wusste es auch nicht … Die Rundung entsteht durch *Frauenhintern.* Und so nahm ich mir vor, unser künftiges Zuhause ganz neu zu decken, eigenhändig, von Anfang bis Ende, vom Formen der Ziegel über das Brennen bis hin zum Glasieren, sodass ich bei Regen unter den herrlichen Hinterbacken deiner Mutter Schutz suchen könnte. Oh, wie würde ich mich nach Regen sehnen!

Meine legendäre Ungeschicklichkeit ist eine schwache Entschuldigung, aber ich habe dieses Dach nie gedeckt. Keinen einzigen Ziegel habe ich je verlegt.»

—

Dass die lokalen Behörden vor Waldbränden gewarnt hatten, konnte Pierre nicht wissen, alle Umstände jedoch wiesen darauf hin: Der Boden war knochentrocken, der karge Schatten, den der einsame Baum auf dem Berggipfel schenkte, brachte kaum Linderung. Pierre fiel wieder ein, dass sein Reisebegleiter ausreichend trinken musste, und nach den auf einmal hervorragenden Schluckreflexen zu schließen, schmeckte es ihm vorzüglich. Er hatte dem Jungen ein Handtuch um den Kopf gewickelt (wie *Lawrence von Arabien*!) und erfrischte sein Gesicht regelmäßig mit Wasser. Dass er jetzt pinkeln müsste, war ziemlich unwahrscheinlich. «Pissen tun wir heut über unsere Poren, Chopin. In Nullkommanichts ist alles verdampft. Bis auf heute Morgen nach dem Frühstück musste ich noch kein einziges Mal.»

Für die eigene Feuchtigkeitszufuhr setzte Pierre lieber auf Wein. Zuerst einen roten Grand Marrenon, Luberon 2010. Wie es hieß, war der weiße viel besser, exzellent sogar, aber Weißwein mochte Pierre nicht besonders. Er machte bei ihm Kopfschmerzen. Vor allem, wenn er sich – so wie heute – nicht auf ein einziges Glas beschränken wollte. Erst recht nicht in dieser sengenden Sonne. Der Rote hier war jedenfalls alles andere als Essig. Außerdem hatte Pierre unter anderem noch einen Marrenon Premium Orca 2007 für nachher in petto. Man sollte die Qualität langsam steigern. Dazu ein paar leckere Oliven und marinierte Zwiebeln. Er hatte alles dabei. Selbst eine Thermoskanne Kaffee für seine krankhafte Koffein-Sucht hatte er mit nach oben geschleppt. Alles unverzichtbare Ingredienzen für ein langes Gespräch.

«So ein Weinchen, Chopin, ist der ideale Begleiter für eine Erzählung ganz von Anfang an. Komisch, dass wir fürs Trinken gern diese Diminutive benutzen, nicht wahr? Aber egal: Wie deine Mutter und ich uns kennengelernt haben, damit fängt die Geschichte an … Bist du bereit? Also … – wenn du so willst, irgendwie auch der Auftakt deiner Geschichte. Etwas mehr als drei Jahre vor deiner Geburt …

Ich war in Amsterdam zu einem Kolloquium über «die glänzende Zukunft der sich erneuernden Oper». Lach ruhig, aber so lautete der Titel nun mal. Dazu eingeladen war eine bunte Gesellschaft: Komponisten, Librettisten, Manager von Plattenfirmen, Intendanten, Programmredakteure, Tontechniker, Rezensenten, Sänger, Schauspieler, Festivalorganisatoren und was nicht noch alles. Die ganze Mischpoke. Eine fantastische Veranstaltung übrigens, ich lernte eine Menge neuer, vor allem aber spannender junger Tondichter kennen. Einen österreichischen Komponisten mit Hahnenkamm zum Beispiel, die Arme von oben bis unten tätowiert, ein wandelnder *Larousse illustré*, im Grunde seines Wesens ein Punker – wild entschlossen, frischen Wind in die Orchestergräben zu bringen: So hatte er unter anderem eine Sitcom für Oper geschrieben. Interessiert dich so was überhaupt? Wahrscheinlich nicht. Es sei dir verziehen … Als das Kolloquium zu Ende war und er und ich noch nicht auseinandergehen wollten, suchten wir für ein Bier eine Kneipe in der Stadt, zusammen mit anderen Teilnehmern, die ich natürlich alle nicht kannte, es waren einfach zu viele. Es fing an wie ein normaler, ganz unspektakulärer Abend, nicht geeignet, mein Leben irgendwie entscheidend zu ändern.

Der Österreicher geriet in den Bann der zahllosen in der Kneipe gezapften Biere – wenn ich das sage, klingt das, als wär unser kleiner Nachklapp ein Besäufnis gewesen. Aber von wegen! Wir redeten über unseren Beruf wie alte Waschweiber, du verstehst, was ich meine. Die wichtigsten Komponisten, Dramaturgen, Solisten, blablabla. Und über Bücher, den Quell, aus dem wir Träumer trinken. Und weil ich eine furchtbare Nervensäge sein kann, wenn das Thema Bücher aufs Tapet kommt, mich in den Vordergrund spiele und tue, als käme es mir auf zehntausend Seiten mehr oder weniger nicht an, begann ich wie üblich meinen albernen Vortrag über jene Werke, die meiner Meinung nach jeder gelesen haben sollte. Ein verschrobener Apostel der Literatur, bis zum Peinlichen, ich kann es nicht ändern. Und weil das Bier das Gespräch Richtung Pornographie gelenkt hatte, kam ich auf Henry Miller ... Schon mal was von ihm gelesen,

Chopin? Musst du unbedingt machen. Vergiss Jesus, das ganze Abwaschwasser von Lourdes: Wenn irgendwer scheintote Lenden zum Leben erweckt, dann Henry Miller … Den roten Faden meiner Gedanken an dem Abend kriege ich jetzt nicht mehr zusammen, zum Glück vielleicht, jedenfalls führte ich irgendwann in meinem eitlen Geschwätz Millers gesamtes Œuvre – und jetzt, Chopin, halt dich fest in deinem Rollstuhl – auf *Einsamkeit* zurück. Deine Mutter, die mir das ganze Kolloquium über nicht aufgefallen war und die jetzt schweigsam bei uns am Tisch saß, ein stummes Vögelchen, weiß der Himmel, wo sie plötzlich herkam, sollte mir später erzählen, dass ich dadurch ihr Interesse geweckt hätte, sie *gerührt* war von der Art, wie ich das Wort ‹Einsamkeit› ausgesprochen hatte. Ist es nicht unglaublich, dass ausgerechnet die Lautfolge ‹Einsamkeit› am Anfang unserer späteren Zweisamkeit stand? Entschuldige das Wortspiel, mir ist klar, dass viele Verliebte es schon vor mir benutzt haben.»

Pierre schenkte sich noch etwas Wein nach, seine Augen funkelten, er nahm eine Scheibe Wurst – Bullenfleisch – und zündete sich eine Zigarette an. Er übertrieb es ein bisschen mit den Gitanes. «Wurst und Zigaretten, sollte man meinen, passen nicht zusammen, aber ich sag immer: ‹Ich räuchere meine Würste lieber selbst› … Du lachst nicht, Chopin? Okay, ich geb's zu: So gut war der Witz auch wieder nicht.

Also weiter im Text … Irgendwann meinte der österreichische Komponist, er hätte irrsinnig Lust, auf *grässliche* Musik zu tanzen, und fragte die Niederländer am Tisch, ob sie keinen Nachtklub oder ein ähnliches Etablissement wüssten, wo solch schreckliches Zeug aus den Lautsprechern dröhnte. Aber sie hatten keine Ahnung, weiter als bis zum *Concertgebouw* oder zur *Stopera* reichte ihr kulturelles Koordinatensystem nicht. Aber ein Schuppen mit grässlicher Musik müsste doch leicht zu finden sein. Am Leidse- oder am Rembrandtplein wimmelte es von einschlägigen Läden, oder? … Ich muss zugeben, ich war unschlüssig, ob ich mitgehen sollte. Zwar ist es meine Tragik, dass ich viele Dinge gern tue, in denen ich schlecht bin, und Tanzen gehört definitiv dazu, aber andererseits fand ich es gerade gemütlich am Tisch, ich war jetzt im Plaudermodus, und das träge Nippen am Bier gefiel mir ganz gut. Deine Mutter sollte mir später erzählen, dass auch sie gezögert hatte, sich der Gruppe anzuschließen. Sie fühlte sich fremd zwischen uns. Und sie war müde, ihr Terminkalender war voll bis zum Bersten und sollte das vorläufig auch bleiben. Sie musste einen Zug erwischen, ihre Wohnung am nächsten Morgen in aller Frühe wieder verlassen und schnurstracks nach Mailand fliegen.

Merkst du, Chopin, wie wir da über dem Abgrund hingen? Zig Möglichkeiten, diesen Abend so vielen anderen angenehmen, doch vollkommen austauschbaren Abenden hinzuzufügen. Manche Leute würden von Serendipität sprechen: etwas finden, was man nicht gesucht, etwas bekommen, was man nicht verlangt hat. In meinen Fall trifft das zu. Ich kannte deine Mutter nicht, wusste nicht mal ihren Namen. Ihre anonyme Anwesenheit an unserem Tisch hatte mich nicht überwältigt. Wäre sie wie geplant sofort nach Hause gefahren, hätte ich niemals erfahren, dass meinem Leben etwas Entscheidendes fehlte.

Ein Schuppen mit grässlicher Musik ist einfach zu finden. Außer, wenn man einen sucht. Mit nur fünf Leuten sind wir zu guter Letzt losgezogen, von Bar zu Bar, auf der Suche nach einem Ort, wo man tanzen konnte. Nirgends aber fand der österreichische Komponist die Musik grässlich *genug*. Ich weiß nicht, was uns dazu brachte, ihm auf seiner absurden Suche brav hinterherzudackeln, und ich weiß noch, dass ich nach ein paar Kilometern langsam genug von dem ganzen Unsinn hatte und mich nach meinem Hotelzimmer sehnte. *Eine* Chance gab ich der Sache noch: Wenn der nächste Laden unserem Händel-mit-Hahnenkamm auch wieder nicht passte, würde ich mich in meine Unterkunft verdrücken.

Ein Nachtklub, ich wüsste weiß Gott nicht mehr, wo: Wir mussten Eintritt bezahlen, nicht wenig übrigens, und das Bier würde bestimmt auch nicht umsonst aus den Zapfhähnen strömen. Aber die Musik *war* grässlich. Mein Gott, wie grässlich die war, haargenau so, wie er sich's gewünscht hatte. Noch nie hatte ich so etwas Grässliches vernommen, nicht mal in Hotelaufzügen. Frag mich nicht, zu was für 'ner Richtung der Krach gehörte, ich glaube, dafür müsste man eine Gattung erst erfinden. Endlich hatten wir, was wir suchten, und stürzten uns, ohne uns erst Mut antrinken zu müssen, wie eine Bande wild gewordener Paviane direkt auf die Tanzfläche. Eine Salve von Beats und Geballer.

Deine Mutter tanzte am schönsten. Unglaublich, wie sie diesem Brei aus Gebumms und Gewummer einen Rhythmus abzutrotzen vermochte. Ich meine, jeder von uns hätte einen Vortrag über binäre und ternäre Taktarten halten können, rhythmische Akzentstufen, Agogik und was nicht noch alles, aber nur deine Mutter hatte all das unmittelbar in den Beinen. Na ja, ich hatte darum nicht weniger Spaß. Beim Tanzen setze ich auf die Taktik der Überkompensation, entschuldige im Voraus: *spastisches* Zucken mit den Armen, wüstes Stampfen und Springen,

Grimassenschneiden. Dann fange ich an, das Mobiliar umzuarrangieren und suche einen Blumentopf zum Tangotanzen. – *Tango*, zum Jive kann man Blumentöpfe nicht brauchen. Mein Glück kennt keine Grenzen, wenn ich schließlich einen Garderobenständer entdecke, mit dem ich meine berühmte Kontrabass-Nummer aufführen kann. Nachteil dieses albernen Rumblödelns ist, dass alle mich für komplett hackedicht halten und das übereifrige Wachpersonal sich über die Gelegenheit freut, endlich mal wieder wem die Fresse zu polieren.

Blumentöpfe gab es in dem Tanzkeller nicht, der Besitzer schien weder die botanischen Wunder der Natur noch deren Plastiknachbildungen besonders zu schätzen, und zweifellos lag es auch daran, dass ich im Schwung der Begeisterung deine Mutter ein paar Mal angefasst habe. Es ist immer noch nicht, was du denkst, obwohl mir irgendwo tief in meinem verdorbenen Unterbewussten beim Berühren ihres Hinterns aufgegangen sein muss, dass man so viel Schönheit einfach in Dachziegel umsetzen musste.»

—

Herrje, diese Paare, die glutvoll berichten, wann, wo und wie sie sich kennengelernt haben. Ihre Zuhörer machen sich gefasst auf die Liebesgeschichte des Jahrhunderts, doch schon nach der ausufernden Einleitung können sie ihr Gähnen kaum noch unterdrücken. Es war Pierre unangenehm, mit dem hundsordinären Schauplatz einer Diskothek anfangen zu müssen. Nie, aber auch wirklich nie, nicht mal während seiner Sturm- und Drangphase, war er in eine Disko gegangen, um ein paar Stunden später mit einer Schönen im Schlepptau wieder herauszukommen. Er hatte kein Talent zum Flirten. Das ganze Geschleim und Gebalz unter der Diskokugel war nichts für ihn. Ein Mönch war er auch nie gewesen, aber er konnte sich mit der Tatsache brüsten, dass er seine amourösen Eroberungen stets außerhalb von Tanzschuppen gemacht hatte, diesen einfachen Revieren, in denen einem das Wild quasi direkt vor die Flinte getrieben wurde.

Genau genommen war er auch jetzt nicht mit «Beute» von der nächtlichen Pirsch gekommen, ein wahrer Trost. Er *hatte* ja gar nicht gejagt.

Und so stand denn auch überhaupt nichts im Raum, als er und Sonnys künftige Mutter sich beim DJ für sein sublimes Gestümper bedankten und zusammen das Lokal verließen, salzig verschwitzt bis in die letzte Pore.

Sonny war ein besserer Zuhörer als die meisten Pechvögel, die sich die zarten Anfänge einer Romanze anhören müssen – immerhin schlief er nicht ein. Vielmehr konnte Pierre sich des Eindrucks nicht erwehren, dass der Junge die ihm geschenkte Aufmerksamkeit genoss. Dass sich jemand die Mühe machte, ihm stundenlang etwas zu schildern, war ihm bestimmt noch nie untergekommen. Ruhig saß er in seinem Naboo Royal Starship II, ließ sich die Erfrischungen mit dem Waschlappen gefallen und sträubte sich nicht, wenn ihm der Trinkjoghurt in den Mund gekippt wurde.

«Weißt du, Chopin, wenn Liebespare von ihrer ersten Begegnung erzählen, gibt es immer zwei Versionen: die des Rüden und die der Hündin. Der Unterschied zwischen beiden zeigt sich immer in Subtilitäten …

Die Party war also zu Ende, schon drängte die Putzkolonne auf die Tanzfläche, die letzten Gläser wurden gespült. Die Poesie der letzten Jacke an der Garderobe war unser. Die Straßen waren still und verlassen, die Farben badeten im ersten Tageslicht, die Vögel zwitscherten ein fröhliches Concertino. Es war Mai. Deine Mutter hatte ihren Zug um einige Stunden versäumt, musste in noch weniger Stunden ihren Flieger erwischen, hatte in der Stadt nirgendwo eine Bleibe, konnte aber ein Nickerchen trotzdem gut gebrauchen. Ab hier unterscheiden sich die beiden Versionen: In meiner heißt es, dass deine Mutter, ohne rot zu werden, sagte: ‹Na, dann schlaf ich doch einfach bei dir.› In ihrer habe *ich* sie mit auf mein Zimmer gebeten. Die verschiedenen Fassungen waren noch oft Gegenstand fröhlicher Kabbeleien zwischen ihr und mir, und natürlich ist jeder von uns bei seiner Version geblieben.

Im Übrigen stimmt *meine*!

In Amsterdam steige ich immer an der Herengracht ab, im *Ambassade Hotel*. Das beste

Hotel der Welt, auch wenn sie beim Einchecken von dir die Kreditkarte verlangen. Gut zwanzig Jahre war ich damals schon Stammgast und bin es immer noch. Das Personal kennt mich, spricht mich mit Namen an und wirkt jedes Mal, wenn ich abreise, sogar etwas traurig. Jedes Zimmermädchen kennt die Größe und Farben meiner Unterhosen, die es beflissen vom Boden aufhebt und ordentlich zusammengelegt in meinen Koffer packt, fast als waren wir verheiratet. Berufsbedingt habe ich einen Großteil meines Lebens in dem Hotel verbracht. Die Portiers kennen die Chronik meiner Frauen und Geliebten – alle wurden gleich respektvoll mit ‹Mevrouw Vantoren› angesprochen! Sie haben meine Tochter aufwachsen sehen. Alle Autos, die ich je besaß, haben sie an dem verzwickten Stellplatz direkt an der Gracht für mich verparkt. Hätte ich es selbst gemacht, der Wagen wäre im Wasser gelandet. Sie wissen also, was für eine Müllkippe mein Auto oft ist, wie es bisweilen nach hechelndem Hund und kaltem Rauch riecht. Meinen Citroën Berlingo parkten sie mit der gleichen Hingabe wie meinen

Audi A4, und als eine Scheidung mich finanziell an den Rand des Ruins gebracht hatte, bugsierten sie meinen gebrauchten KIA genauso liebevoll in die dazu vorgesehenen Linien. Mit dem Oberkellner des Frühstücksraums rede ich über Tennis, mit dem Chefportier über Literatur. Einer wie der andere freundliche Menschen, freundlichere habe ich nirgends erlebt. Außerdem haben sie fantastische Kugelschreiber, die ich immer stibitze. Genau genommen habe ich schon so viele, dass ich sie in neun Katzenleben nicht aufbrauchen könnte.

An diesem legendär zu werden sich anschickenden Tag schlenderte ich also mit deiner Mutter dort an die Rezeption, der Portier konnte sich beim Überreichen der Schlüssel nicht recht zwischen ‹gute Nacht› und ‹guten Morgen› entscheiden und begrüßte die herrliche Dame an meiner Seite wie üblich diskret mit ‹Mevrouw Vantoren›.

Es stimmte. Deine Mutter *war* Frau Vantoren, ich hatte es nur noch nicht gemerkt. Auch als wir zusammen im Aufzug nach oben fuhren, war mir noch nicht klar, dass ich in wenigen

Augenblicken das Bett, den Geruch, meinen pfeifenden Atem sowie meinen Morgenfurz mit ihr teilen würde. Es kam mir einfach nicht in den Sinn. Vielleicht, weil sie so schön war. Ich war es nicht gewöhnt, mit schönen Frauen zu schlafen. Schön aus der Ferne bestenfalls, doch von wirklich schön weit entfernt.

Eigentlich war ich zu faul, mir noch die Zähne zu putzen, ich kann auch so schlafen, besonders nach einer langen Nacht. Andererseits ist die modrige Mundhöhle eines Rauchers kein guter Nachbar im Bett, und außerdem war deine Mutter im Bad schon dabei, ihre Klaviatur zu polieren, mit *meiner* Zahnbürste. Also habe ich mich doch noch überwunden. Frauen im Bad – ein Fortsetzungsroman in fünf Bänden. Ich lag längst schon wieder unter der Decke, als sie sich immer noch mit, nun ja, *Frauensachen* beschäftigte. Das Ablegen der Ringe. Dinge mit Cremes und Lotionen, Wattetupfern und -bäuschchen: dem Gast freundlich zur Verfügung gestellt vom Hotel. Ich schloss mein Handy ans Ladegerät an und sah, dass ich sieben Anrufe versäumt hatte. Inzwischen hörte ich deine Mutter bei offener

Tür herzhaft pissen. Eine Intimität, von der mir nicht klar war, womit ich mir die schon verdient hatte. Um galant zu sein, rief ich von meinem bequemen Platz aus: ‹Wo möchtest du eigentlich liegen? Links oder rechts?›

Und weißt du, Chopin, was sie antwortete?

‹In der Mitte!›»

—

«Was geschehen war, war herrlich ... Und – solltest du das immer noch denken: In jener Nacht wurdest du *nicht* gezeugt. Unser kurzes, gemeinsames Spiel war ein Geschenk des Lebens. Wir nahmen es beide leicht und fröhlich, liebten uns leidenschaftlich *und* zärtlich, alle Sinne waren vollkommen wach, vermutlich, weil uns beiden klar war, dass es bei dieser einen Nacht bleiben würde.

Doch war es das wirklich? Glaubten, akzeptierten wir es?

Ich habe meine Zweifel.

Weißt du, Chopin, ich erinnere mich an einen Moment in der Nacht, an dem Morgen eigentlich:

jener Blick in die Augen, bei dem unsere Seelen verschmolzen. Ich mag das Wort ‹Seele› nicht so besonders, aber es fällt mir so schnell kein anderes ein. ‹Anima› vielleicht? Auch nicht. Zu kalt, zu steril. Zu psychologisch-gewichtig. Unsere *Seelen* also … Ein paar Sekunden nur dauerte der Blick, aber er war ungeheuerlich intensiv! Hinterher kämpfte ich gegen die Melancholie, als ich den Sternenhimmel von Muttermalen auf ihrem Rücken studierte, mir die Konstellationen der entzückenden Sprenkel einzuprägen versuchte, bis der Alzheimer sie mir irgendwann wieder nehmen würde, immer noch fest davon überzeugt, dass unser inniges Kosen eine herrliche, einmalige Angelegenheit war.

Alle Frauen in meinem Leben, von der ersten bis zur vorletzten, haben sich darüber beklagt, dass das eigentliche *Schlafen* mit mir eine recht unromantische Angelegenheit sei. Nicht, weil ich schnarchen würde – ich schnarche nicht, wie du letzte Nacht gemerkt haben dürftest –, sondern weil ich nicht einschlafen kann, solange mein Gesicht dem zugigen Luftschacht eines anderen zugewandt ist. Ich komme mit diesem menschlichen Miefquirl einfach nicht zurecht. Also drehe ich der anderen den Rücken zu. Die Wand ist interessanter.

Aber nicht in dieser Nacht, mein Junge, nicht in dieser. Ich nahm deine Mutter in die Arme, und in haargenau der gleichen Position wurden wir auch wieder wach. Keinen Millimeter hatte ich mich gerührt, trotz unterbrochener Blutzufuhr kein Kribbeln in den Armen bekommen; der einzige Krampf, den ich am nächsten Morgen verspürte, war der in meiner Brust, als der Wecker klingelte, deine Mutter sich blitzschnell anzog und mir klar wurde, dass ich ihren Körper von nun an nur noch in der Erinnerung heraufbeschwören könnte.

Die Erinnerung ist eine geübte Lügnerin, aber selbst sie hätte den Körper deiner Mutter nicht noch schöner machen können. Ich blieb auf jeden Fall der Verlierer. Ich kann es nicht oft genug wiederholen: Es fühlte sich vollkommen irrsinnig an, dass jemand wie ich solch eine Schönheit abbekommen, wenn auch womöglich nur geliehen hatte. Wir wussten ja nichts voneinander. Hatte sie jemanden? Hatte sie niemanden? Wir waren ohne Vergangenheit, etwas, wonach ich mich immer gesehnt hatte, wenn auch vergebens. Wir brauchten einander nichts zu erklären, uns keine Geständnisse zu machen, wir verschuldeten uns nicht beieinander, Schulden, die wir hinterher bitter abbüßen müssten. Vulkane, für einen Tag dem Meer entstiegen, die Feuer und Asche ausstießen, aus keinem anderen Grund als der Schönheit willen, um danach ohne Murren wieder im Ozean zu versinken und nie mehr gesehen zu werden. Vielleicht käme sie damit leichter zurecht. Theaterleute tun ständig voll Leidenschaft Dinge, die schon im Moment des Entstehens wieder vergehen, weißt du. Sie sind die glücklicheren Künstler, tragen diesen idiotischen Druck der Ewigkeit nicht mit sich herum.

Habe ich schon erwähnt, dass ich nicht einmal ihren Namen wusste? Immer noch nicht. Am Vorabend hatte ich ihn gehört, aber er war mir wieder entfallen. Ich und Namen, Chopin – zwei Welten prallen aufeinander. Ihr Alter? Ebenfalls ein Mysterium. Allerdings war sonnenklar, dass sie ein gutes Stück jünger sein musste als ich; insgeheim schätzte ich sie auf dreißig und war froh, dass sie mich nicht kokett zum Raten aufforderte … Dreiunddreißig, wie sich später herausstellte. Ich war fünfundvierzig, das andere gute Alter, du erinnerst dich. Zwölf Jahre Unterschied. Zusammen waren wir achtundsiebzig, das letzte der vier guten Lebensalter. Aber das wussten wir ja noch nicht.

Sie war aus dem Bett gesprungen, direkt in ihre Kleider. Im Bad telefonierte sie aufgeregt. Versuchte, ihren Flug von Zaventem nach Schiphol umzubuchen – Shithole, wie die Briten sagen. Es klappte. Darauf führte sie ein paar Telefonate in einem Italienisch, das von geriebenem Pecorino nur so duftete, und schon war sie fertig zum Aufbruch. Für uns beide war es eine kurze Nacht gewesen.

‹Moment›, sagte ich, ‹wenn du noch ein bisschen Zeit hast, würde ich gern mit dir frühstücken.›

Zeit hatte sie nur wenig. Aber noch etwas zusammenbleiben war okay. Lässig lehnte sie an der Wand, meine Morgenlatte betrachtend, während ich mich aus dem Bett schälte. Ich selbst hatte nie gewusst, wie man das macht: sich von etwas verabschieden. Nicht von der Skyline der Stadt, die ich gerade verließ, nicht von der Wohnung, wenn der Mietvertrag auslief, nicht von meinem Vater, als er starb. Deine Mutter schien damit weniger Probleme zu haben. Sprühend vor unendlicher Lebenslust blickte sie mich an.

Ein Fan von Champagner zum Frühstück bin ich nie gewesen, auch nicht, wenn die Edelbrause im Preis inbegriffen ist und die Flasche dich zwischen Lachs und Käse ermutigend anblinzelt. Ich brauche nur Kaffee, die Quelle des Lebens, vor allem am Morgen. Dieses Hotel ist noch nicht so tief gesunken, dass sich die Gäste vor einem zischenden Monstrum anstellen müssen, aus dem nach umständlichem Gemurkse mit Knöpfen und Hebeln dünner Kaffee herauströpfelt. Der Kaffee wird hier noch serviert, in silbernen Kännchen, jawohl! Und weil man meine Frühstücksgewohnheiten kennt – der Mann, der nie auf nüchternen Magen Champagner trinkt, kaum je etwas extra bestellt, außer, ganz selten mal, Pfannkuchen –, brauche ich meine Nase nur in den Frühstücksraum zu schieben, und die Kännchen mit schwarzem Gold stehen auf meinem Tisch.

Da sagt deine Mutter doch zu mir: ‹Das kannst du natürlich nicht wissen, dass ich morgens keinen Kaffee trinke.›

Unbegreiflich fand ich das – ein Mensch, der morgens keinen Kaffee trinkt! Wie kann man sich das nur antun?

Sie sagte nicht: ‹Das weißt du natürlich *noch* nicht.›

Sie nahm Champagner. Einen Devaux, 70 Prozent Pinot Noir. Nur ein winziges Schlückchen. Und ein Glas frisch gepresstes Zeug, Obst, glaube ich, dazu einen undefinierten Korb Früchte in naturbelassener Form, die sie langsam und mit sichtlichem Appetit aufaß, außerdem einen Klacks Joghurt und – tja, was war es? Es sah aus wie Sperma – dafür aber mit aktiven Bifido-Kulturen! Lauter Dinge, von denen ich den ganzen Tag aufs Klo rennen müsste. Aber es war ein Vergnügen, es sie verputzen zu sehen. Neben ihr kam ich mir etwas bäuerlich vor – mit meinen Croissants, meinen Rosinenknoten, meinem doppelt gebutterten Toast mit Schokostreuseln und den drei Kannen Kaffee. Ich wagte mir schon keine Pfannkuchen mehr zu bestellen. (Schön goldbraun gebraten, schwimmend in braunem Zucker. Und dann draußen vor dem Hotel noch zwei Zigaretten als Digestif!)

Der Oberkellner des Frühstücksraums ist ein Mann von Welt, sein geschulter Instinkt begriff sofort, dass er an dem Morgen nicht von Tennis anfangen durfte. Dabei begannen gerade die Qualifikationsrunden bei den *French Open*.

Im Grunde redeten wir während des Frühstücks nur wenig, im Bemühen, kein Thema anzuschneiden, das wir doch nie ausdiskutieren könnten. Ein Evaluationsgespräch über die Nacht brauchten wir ebenso wenig, wir kannten ja das Ergebnis.

Ich habe sie noch zum Flughafen begleitet. Sollte man nicht tun, wenn man schlecht im Abschiednehmen ist. Ich wollte es trotzdem. Die

Taxifahrt verlief schweigend. Wir berührten einander nicht.

‹Danke›, flüsterte sie mir ins Ohr, als sie aussteigen musste. Wir küssten uns kurz auf den Mund. Ohne Zunge. Nur Lippen auf Lippen. Das war's. Das hätte es gewesen sein *können*. Ich ließ mich in mein Hotel zurückfahren, um wie ein verliebter Pennäler vor dem Auschecken noch schnell nach ihrem Geruch in den Laken zu schnuppern. Doch die Zimmermädchen hatten sie schon gewechselt. Meine sieghafte Unterhose lag nicht mehr am Boden. Das Bett war schon gemacht, bereit für die Geheimnisse anderer Besucher.»

—

Die Landschaft flirrte vor Hitze, bald würde überall die Mittagsstunde geläutet von Kirchen, in denen heute nur Touristen sich aufhalten würden, die mehr vom Bedürfnis nach Abkühlung denn vom Interesse am provenzalischen Kulturerbe getrieben wären. Die Vaucluse, mit ihren einsamen Zypressen, lag träge brutzelnd auf dem Grillrost.

Immer wieder suchte Pierres Blick die Berge. Keine Giganten, aber dennoch: Sah er einen Haufen Gestein, das sich seit Jahrtausenden der unvermeidlichen Erosion wiedersetzte – die Zeit zermalmt alles und jeden –, erregte das seine Aufmerksamkeit. Als Erwachsener hatte er in seinem kuhfladenplatten Geburtslandstrich nie leben können, aus verschiedenen Gründen. Es gab schon Plattheit genug, die der Landschaft brauchte er nicht noch dazu. Mit einer Faszination fürs Gebirge war er als Zwölfjähriger aus einem Skiurlaub nach Hause gekommen. Das Skifahren an sich hatte ihm wenig gegeben, die Berge dafür umso mehr. Zwei Jahre später begann er zu klettern und sollte dem treu bleiben, bis ihn mit Dreißig sein Rücken dazu zwang, die Ausrüstung an den Nagel zu hängen. Als er zum allerersten Mal Sonnys Mutter in ihrer überraschend kleinen Wohnung besuchte, hatte er Bergschuhe an der Wand hängen sehen. Vom gleichen Modell wie seine Letzten, wenn auch vier Größen kleiner. Das hatte ihn gerührt. «Kletterst du auch?», hatte er etwas überflüssig gefragt. Sie hatte ihre Theorien über Zufälle, die es nicht gebe. Wären sie gleich alt und sein Rücken nicht solch eine Ruine gewesen, er wäre mit ihr zum Bergsteigen gegangen. Sie hätte ihn herausgefordert, das war ihm klar, und schwierigere Routen klettern wollen als er. Und natürlich hätte er nachgegeben. Er hätte sie gesichert, bewundert, wie sie mit ihrem gelenkigen Leib den Plejaden zustrebte. Und wäre ihr hinterhergeklettert, schon allein, um sie hoch über der Welt und deren Elend küssen zu dürfen.

Lebensalter spielte für ihn keine Rolle, keine bedeutende jedenfalls. Dies war das erste Mal, dass er den Abgrund von zwölf Jahren mit Stein und Geröll, Schlamm, Schlick und Dreck hätte zuschütten wollen.

Sollte er Sonny von den Bergschuhen seiner Mutter erzählen? Besser nicht. An der Chronologie festhalten war jetzt die einfachste Lösung.

Aber, das musste man zugeben: Der Junge sah verdammt gut aus, angesichts dieser Hitze sowie der Tatsache, dass er seit über vierundzwanzig Stunden keine Pillen mehr bekommen hatte.

«Wenn du mich fragst, Chopin, benutzen die dich einfach als Abrechnungsposten, um die Krankenkasse hereinzulegen. Du brauchst überhaupt keine Medikamente!»

Ist die erste Flasche geleert, schreit sie direkt nach der zweiten. Der andere Grand Marrenon also? Pierre hatte einen hübschen Vorrat dabei; Vorsicht ist die Mutter der … der … – er hatte vergessen, wovon, auf jeden Fall war sie eine gute Mutter. Wie wäre es mit dem Châteauneuf-du-Pape, den er ebenfalls eingepackt hatte? Keine schlechte Idee. Irgendwann hatte er sich daran mal übertrunken – das klang affektiert, er behielt es denn auch lieber für sich –, und der Geschmack hatte ihn plötzlich gelangweilt. Aber ist ein Weilchen vergangen, rinnt so ein kleiner Châteauneuf einem natürlich wieder genüsslich die Kehle hinunter.

«Hast du schon mal Alkohol getrunken, Chopin? Ich fürchte, nein. An deiner Ruhigstellung soll nur die Pharmaindustrie und nicht der Weinbau verdienen, stimmt's? Lass mich nachdenken … Du wirst jetzt sechzehn – der ideale

Zeitpunkt für die erste Bekanntschaft mit Wein! Ich kann selbst nicht viel jünger gewesen sein. Und so ein Châteauneuf ist ein hervorragender Anfang, finde ich als bescheidener Amateur. Warn deine Geschmacksknospen schon einmal vor, wenn sie bisher nur wässrig pürierten Großküchenfraß bekommen haben – gleich geht in deinem Mund ein Feuerwerk los!»

Behutsam öffnete er die Flasche, einen relativ einfachen 2010er, Famille Quiot, Domaine du Vieux Lazaret Châteauneuf-du-Pape. Kurz am Korken schnuppern, beseligt aufseufzen, und plopp: vorkosten!

«Na, junger Freund, das ist wahrlich keine Katzenpisse, was? Jetzt kann dein Leben beginnen!»

Eigentlich stand es in schreiendem Widerspruch zu seinem Respekt vor dem Wein, aber Pierre hätte Sonny den Göttertrank lieber doch über eine Hilfsvorrichtung eingeflößt.

«Wäre mir vorher bewusst gewesen, dass deine önologische Entjungferung ansteht, hätte ich mir heute Morgen bei irgendeinem Gänse-

Züchter hier in der Gegend einen Trichter geliehen.»

Es tat weh, die gesamte zivilisierte Welt schrie auf, als der Wein zur Hälfte wieder aus Sonnys Mund lief und ihm übers Kinn auf sein Hemd tropfte. Aber er hatte etwas getrunken, ein paar Schlückchen zumindest, das war das Wichtigste. Und all das ohne das geringste Zeichen von Protest. «Bist ein echt pflegeleichter Junge, Chopin! Millionen Eltern würden ihre eigenen Rotzlöffel mit Kusshand gegen dich eintauschen. Vor allem bei Tisch.»

Zeit für den didaktischen Block.

«Hast du das geschmeckt, diese Blume? – Was für ein voller, kräftiger Wein! Etwas Vanille, etwas Zimt und reife Beeren. Voll wie der Mond zur Stunde des Wolfs. Herrlich! Was diesen Châteauneuf so besonders macht, ist, dass die Trauben an den trockensten Hängen wachsen. Trockener als eine Nonne, so müssen die Böden in der päpstlichen Enklave sein. Hätte ein Bauer hier den traurigen Mut, seinen Weinberg in der Wachstumsphase zu wässern, führten sie extra für ihn die Guillotine wieder ein … Noch einen Schluck? Ich seh's dir doch an, du willst nur nicht drängen, aber du kannst deinen Durst nicht verstecken. Wir wollen aber nicht einfach drauflostrinken, wir wollen einen Toast ausbringen: Auf unser Zusammensein! Und die große Liebe, die uns beide verbindet!»

In der Heimat, fiel ihm plötzlich ein, wurde jetzt wohl die Suchmeldung getippt. Er war gespannt auf *seine* Personenbeschreibung. Und die von Sonny. Nebst der genauen Angaben zum Typ seines Rollstuhls.

«Weißt du, Chopin, Monogamie ist ein interessantes Konzept für andere, bei uns selbst sind wir da immer viel lässiger …

Aber vielleicht irre ich mich. Vergiss, was ich gesagt habe. Meine Vorstellungen von Beziehung und Sexualität sind unausgegoren. Lange Zeit galt mir die Treue von Schwänen als wunderschönes Vorbild, aber ich hab mir oft genug den Kopf angerannt, um zu erkennen, dass diese Schönheit nur in absoluten Ausnahmefällen für uns ungeflügelte Wesen vorgesehen ist.

Es gibt einen Autor – von ihm hab ich wohl das meiste gelesen –, und in einem seiner Werke fällt der Satz: ‹Die Frau meines Lebens lernte ich kennen, kurz nachdem ich geheiratet hatte.› Als ich diesen Satz las, hätte ich ihn am liebsten gleich rot unterstrichen. Verheiratet war ich zwar nicht mit der Dame, zu der ich nach Hause zurückmusste an dem Tag, nachdem ich zum ersten Mal mit deiner Mutter geschlafen hatte. Aber dass ich soeben der Frau meines Lebens begegnet war, wurde mir mit jedem Streckenkilometer klarer.

Die Heimfahrt war, ich brauche es wohl nicht zu erklären, eine ziemlich schwierige. Ich hatte, wie man so sagt, einen Seitensprung begangen. Das an sich machte mir keine großen Kopfschmerzen. Wenn die Welt mich unbedingt einen Wüstling nennen wollte, bitte schön, für mich selbst jedoch war ich das nicht. Mit fünfundvierzig weiß man das eine oder andere vom Leben und von der Liebe. Mit den Jahren kommt langsam die Weisheit, und für alles – vor allem einen Seitensprung – fand sich irgendeine erwachsene Erklärung. Das Phänomen wurde für meinen Geschmack ohnehin überschätzt, bekam eine Bedeutung, die es sehr oft nicht verdiente. Es gibt Dinge, die passieren eben, Chopin. Äpfel fallen von den Bäumen, Wolken ziehen über den Himmel, und ab und zu steht der Name derjenigen, mit der du im Bett liegst, nicht auf deinem Klingelschild. Natürlich gönnte ich den Anbetern des Mittelmaßes das Vergnügen, mich einen alten Bock zu nennen, der noch mal an einem frischen Blättchen aus dem Paradies knabbern wollte. Doch all diese Etiketten waren mir egal.

Die Chronik meiner Beziehungen ist alles andere als vorbildlich, das gebe ich zu. Ich bin ein Mann vieler Schlüsselbunde. Habe gelebt wie ein streunender Kater, manchmal. Wo immer ein Schälchen Milch stand, habe ich mich hineingeschnurrt. Wie eine Rose von Jericho, durch die endlose Wüste rollend, bis sie endlich an einer Wasserstelle ein wenig Ruhe findet. Meine Probleme mit Frauen konnte ich nicht immer aufs Neue meiner Mutter zuschreiben. Tue ich auch nicht. Viel zu einfach. Schwierig geht auch. Aber mit Leuten, die meinen Lebenswandel einen Skandal nennen wollen, kann ich nur Mitleid empfinden, borniert wie sie sind mit ihrem schlichten Bild der menschlichen Natur. Borniert – oder scheinheilig. Wie auch immer.

… Darauf noch einen Châteauneuf!

Die Zahl der Männer und Frauen, die voller Vertrauen daran glauben, von ihrem Partner noch nie betrogen worden zu sein, ist groß genug, um zu erkennen, dass die Kunst des Seitensprungs keine allzu schwierige ist.

Schwierig nach solch einer Eskapade ist vielmehr – ich stütze mich auf die Angaben von Freunden, die damit mehr Erfahrung haben als ich –, den ersten Sex mit dem festen Partner zu überstehen. Das müsse man schaffen, damit vögle man sich das Geschehen gewissermaßen aus dem Leib. Danach renke sich alles von selbst wieder ein. Und schnell. Das Leben lacht demjenigen zu, der schweigen kann wie ein Grab.

Fünf Tage und Nächte war ich von zu Hause fort gewesen, als meine Füße ihre Pantoffeln wieder in Reichweite spürten. Während der schier endlosen Fahrt lief die vergangene Nacht in meinem Kopf wie ein Film in Endlosschleife –

immer wieder und wieder. Ich roch ihr Haar, ihre Haut, ihren Hals, ihr Geschlecht. Hörte ihre intimsten Geräusche. Sah, wie ihre Finger sich ins Bettlaken krallten …

Und dann kommst du nach Hause, zerbrichst dir den Schädel, wie du dich verhalten sollst, und schon drückt dir eine andere einen Kuss auf den Mund und sagt, sie habe dich so sehr vermisst und sei froh, dass du wieder da bist, greifbar und spürbar in ihren Armen. Sie hat Hunger nach dir – denn fünf Tage und Nächte, verdammt! – und ehe du merkst, was los ist, siehst du deine Klamotten am Boden liegen. Dein Schwanz steht, trotzig vom Lügen, ein charakterloser Opportunist. Du machst ein paar Fingerübungen, die übliche Routine, und sie steht da, triefend vor Saft, definitiv *kein* Weinberg in der Provence, und sagt: ‹Wärst du nur eine Stunde später gekommen, ich hätte mir's hemmungslos selbst gemacht.› Alle Pforten sperrt sie dir auf, will jeden Zentimeter von dir in sämtlichen Öffnungen spüren. Die Frau, laut Klingelschild und Briefkasten die deine. Du teilst eine Hypothek und eine Waschmaschine mit ihr.

Es war eine Art Selbstvergewaltigung. Ich hatte das furchtbare und absurde Gefühl, deine Mutter mit meiner festen Freundin zu betrügen. Unter der Dusche musste ich heulen. Hätte ich den Namen deiner Mutter gewusst, ich hätte ihn hinausgeschrien.

Ein Mann mit zwei Frauen ist doppelt einsam. Niemand schenkt ihm Trost.»

«Meine Freunde hatten unrecht, Chopin: Gar nichts vögelte ich mir aus dem Leib. Nicht nach einem Mal, nicht nach zweien, nicht nach drei Malen. Ich war einfach verliebt. Eigentlich sollte das das schönste Gefühl sein, das es gibt.

Weiß du, wie das ist, verliebt sein? Gibt es in deiner Einrichtung ein Mädchen, das du richtig gut findest, weil sie so schön sinnlich sabbert oder so herrliche Augen hat? Oder vielleicht eine Pflegerin, die du nicht kriegen kannst, weil sie sagt, dass sie Arbeit und Privatleben getrennt halten möchte? Vielleicht äußert sich das bei jedem Menschen auch anders. Bei mir ist es so:

Wach werden und an sie denken. Kaffee kochen und an sie denken. Kartoffeln schälen, mir die Schnürsenkel binden, Zähne putzen, einkaufen gehen und an sie denken. Was lesen und an sie denken, den Vögeln zusehen, den Müll rausstellen, die Steuererklärung ausfüllen, im Radio einen guten Sender suchen und an sie denken. Mein Hemd zuknöpfen und an sie denken, rauchen und an sie denken, nicht rauchen und an sie denken. Was ich dabei aber nicht aushielt, war, mit einer anderen im Bett zu liegen, die ihre Jacken an dieselbe Garderobe hängte wie ich. Ich ertrug es nicht mehr. Dass ich mich einst für diese Frau entschieden, geglaubt hatte, mit ihr zusammenleben zu müssen, für all das hatte es einen Grund gegeben – obwohl ich mich nicht mehr an ihn erinnerte. Auf jeden Fall aber gab es diesen Grund nicht mehr. Was ich für deine Mutter empfand, empfand ich nur für sie. Ein Mensch sollte mit solchen Aussagen vorsichtig sein, und ich bin es.

An einem Sonntag voll fröhlich geplanter Aktivitäten beichtete ich also meine Affäre. Ich weigerte mich hartnäckig, die Ausdrücke ‹Ausrutscher› oder ‹es ist halt passiert› zu benutzen.

Wie sich herausstellte, lässt sich Fröhlichkeit nur äußerst schwer planen.

Darf ich dir die sich daraus entwickelnde Szene ersparen? Dabei hätte sie das Zeug zu einem richtig schlechten Thriller. Die Energie, die bei einem brechenden Herzen frei wird, schlägt nur allzu leicht in Boshaftigkeit um ... Begibt ein Mann sich auf den Kriegspfad, will er so viele Gegner vernichten wie möglich; eine Frau will nur ein einziges Opfer. Ich glaube, damit ist alles gesagt.»

Doch als wollte er letztere Aussage konterkarieren, oder als finde er eine Rechtfertigung nun doch noch erforderlich, fügte Pierre nach längerem Schweigen hinzu: «Liebe lässt sich in keinen Lebensplan pressen, nicht steuern. Ich hätte mir auch ein besseres Timing gewünscht, deine Mutter kennenzulernen. Aber erklär das mal derjenigen, die dich vermeintlich für den Rest ihres Lebens gebucht hat.»

Dabei stellte er fest, dass er seinen Gitanes-Verbrauch etwas steuern musste. So viele hatte er nicht mehr: noch sieben Stück waren in der Packung. Ab jetzt jede Stunde nur noch eine. Qualmte er in dem Tempo weiter, müsste er dieses kleine Beisammensein bald unterbrechen – was er nicht wollte, die Geschichte musste in einem Zug erzählt werden –, um unten im Tal einen Tabakladen zu suchen. Die Zigarette, die er schon in der Hand hatte, schob er darum wieder ins Päckchen. Für nachher. Aber ein Schluck Wein, der ging immer.

«Schau, Chopin, das Problem blieb aber, dass ich damit ja noch nicht mit deiner Mutter zusammen war. Was wir erlebt hatten, war von unwirklicher Schönheit gewesen, aber es konnte gut sein, dass wir uns beide auch ein wenig an der Idee der Einmaligkeit berauscht hatten. Für mich konnte ich ja entscheiden, meine gesamte bürgerliche Existenz über den Haufen zu werfen, aber ich hatte nicht das Recht, dasselbe auch einfach von ihr zu verlangen. Nochmals, ich wusste ja gar nichts von ihr. Sie konnte im Begriff stehen zu heiraten, mit einem Kerl, der sein Glück nicht mal halb kannte. Oder schon verheiratet sein, Kinder haben, eine Familie, die ihr heilig war. Nichts, aber auch gar nichts wusste ich von ihr. Bis auf Weiteres nicht einmal ihren Namen. Erst nach Wochen, als ich es wirklich nicht mehr aushielt – ich wollte in meinen Träumen wenigstens den richtigen Namen schreien können –, suchte ich mir ihren Eintrag aus der Teilnehmerliste des vermaledeiten Kolloquiums heraus. Als ich ihn endlich gefunden hatte – er war der Einzige, der irgendwie zu ihr passte –, machte ich mich wie ein Verrückter ans Googeln. Sie erwies sich als Mensch mit Manieren, hängte ihre Wäsche nicht überall zum Trocknen auf, nicht im Internet jedenfalls, dafür taten das andere. Sie war eine Berühmtheit in der Theaterwelt. Mir vollkommen unbekannt, aber das lag an mir. Dutzende Interviews mit ihr standen im Netz. Ich habe sie nicht gelesen – zufällig weiß ich einiges über diese Seitenfüller, und dann interessiert man sich nicht mehr dafür. Aber es gab dadurch eine wahre Flut an Fotos, die ich zehn Millionen Mal am Tag anschaute, vor, während und nach dem Essen. Und den Link zu einem wenig beachteten Film, in dem sie, vierundzwanzig Sekunden lang, völlig nackt mitspielte.

Das Denken an sie nahm immer unbeherrschbarere Formen an. Unter anderem vergaß ich, rechtzeitig meine Rechnungen zu zahlen. Ging ins Geschäft, um Gemüse zu kaufen, und kam mit etwas ganz anderem zurück. Und unentwegt fragte ich mich: Was tut sie wohl gerade? Ob sie noch an mich denkt?

Die nächste Gelegenheit, sie auf der Bühne zu sehen, war erst in sieben Monaten: im Vooruit-Theater in Gent. Per Internet kaufte ich die letzten Karten, neun Stück. Einen ganzen Block für mich allein. Es war eine Befreiung: plötzlich sicher zu wissen, dass ich sie wiedersehen würde! Zweifellos würde sie sich nach der Vorstellung im Foyer noch kurz unters Publikum mischen. Das Herz schlug mir schon jetzt bis zum Hals. Würde sie mich erkennen? Mich erkennen *wollen*? Wie verliefe unsere Begrüßung?

Doch obwohl ich mich schon über die Aussicht grenzenlos freute: Ich konnte nicht warten. Nicht mehr. Nicht mehr so lange.

Weil sie zu einem Theaterensemble gehörte, hatte ich jetzt immerhin eine Adresse. Was hielt mich davon ab, es zu probieren?

Und weißt du was, Chopin? Genau an dem Abend, als ich mich entschieden hatte, ihr endlich zu schreiben, flattert mir plötzlich eine E-Mail ins Haus. Von ihr. Irgendwie hatte sie meine Kontaktdaten herausbekommen. Sie war schneller als ich.

Sie hatte ja ihre Theorien über Zufälle, dass es die nicht gebe. Das hatte ich schon gesagt, oder?

Es war der Auftakt der besten Monate meines Lebens.»

Während seines gesamten Monologs hatte Pierre seinen Reisebegleiter nicht aus den Augen gelassen. Zu ihm gesprochen, von Mann zu Mann. Erstaunlich, wie ruhig der Junge da saß, die Augen geöffnet, fast andächtig. Allerdings machte es den olfaktorischen Eindruck, dass er sich eingekackt hatte. Heilige Scheiße! Aber was konnte Pierre jetzt noch daran ändern? Es war zu spät. Hoffen, dass Sonny es am Hintern schön warm und weich hatte, etwas anderes konnte er nicht mehr tun. Er hatte keine Windeln zum Wechseln, noch sonst irgendwas, um den Jungen zu säubern.

Er schenkte sich noch einen Schluck Châteauneuf ein. Auch schon wieder fast leer! «Chopin, du bekommst jetzt mal nichts, beim ersten Mal darf man es nicht gleich übertreiben!» Dann versank er wieder in sanftes Sinnieren.

«Soll ich dir was sagen, Chopin? Jedes Mal, wenn ich Kartoffeln schäle, meine Steuererklärung ausfülle, den Müll rausstelle, aufwache, mir die Schnürsenkel binde, die Zähne putze, rauche, die Vögel beobachte, mir die Hemden zuknöpfe: Jedes Mal denke ich immer noch an sie.»

Er ging zu dem Jungen, streichelte ihm über den Kopf. «Tut mir leid, Sonny. Tut mir leid, dass du dich eingekackt hast. Es ist meine Schuld. Du darfst mich schlagen.»

Er hatte *Sonny* gesagt!

—

«Die berühmte Theorie vom Zufall ... So wie ich deine Mutter zum letzten Mal an einem Flughafen gesehen hatte, sah ich sie an einem solchen auch zum ersten Mal wieder. Sie hatte ein hektisches Leben. Oft kam sie nur nach Hause, um schnell die Waschmasche zu füllen, ein paar Briefe zu öffnen und gleich darauf weiterzudüsen.

Diesmal kam sie aus Hamburg zurück. Nach ihrer entwaffnenden Mail hatten die Dinge sich überstürzt. Wir hatten unsere Herzen einander offengelegt, gesagt, was eigentlich nicht mehr gesagt zu werden brauchte, und verabredet, dass ich sie bei der nächsten Gelegenheit abholen sollte. Anderthalb Monate nach unserem Urknall!

Wie wir in der Ankunftshalle aufeinander zugestürzt sind? Gar nicht! Langsam und ohne den Blick vom anderen zu lösen, sind wir aufeinander *zugeschritten* und mindestens zwanzig Minuten so stehen geblieben: innig, nicht mehr voneinander zu trennen. Einander spürend. Riechend. Unterdessen vergaßen wir sogar, uns zu küssen. So intensiv kann eine Umarmung sein. Erst unterwegs nach Hause, im Auto, fragte sie: ‹Sag mal, haben wir uns eigentlich *geküsst*?› Was wir auf der ersten Parkmöglichkeit an der Autobahn sofort nachholten.

Ich sagte: ‹Ist das nicht unglaublich – wir wieder zusammen!›

Sie antwortete: ‹Den Sommer kannst du auch nicht aufhalten.›

Sie hatte alles im Voraus gewusst, glaubte, dass die Dinge uns zustießen, weil sie vorherbestimmt waren. Nichts geschah ohne Grund. Nicht das Schlechte und auch nicht das Gute.

In den Wochen zuvor hatte mich manchmal die Angst beschlichen, deine Mutter sei nur eine Einbildung gewesen. Auf jeden Fall etwas, das ich in der Erinnerung größer gemacht hatte, als es in Wirklichkeit ist. Nun aber stand ich in ihrer viel zu kleinen Wohnung, und die vage Umrisszeichnung, die ich mir im Kopf von ihr gemacht hatte, wurde mit einem Mal farbig und deutlich. Wer sie war. Wie sie lebte.

Ihr Konzertflügel nahm fast das gesamte Wohnzimmer ein, auf dem Deckel lagerte ein ganzer Flohmarkt, ein verrostetes Damenrad lehnte daneben. Die Fensterbank diente als Bücherregal, die CDs, meiner Schätzung nach mindestens fünfhundert, alles Klassik – wie John Lee Hooker klang, wusste sie wahrscheinlich nicht –, lagen überall auf dem Boden verstreut wie lose Fließen. Weil sie eine Geschirrspülmaschine überflüssig fand, stand auf der Anrichte ein komplettes Essservice und schrie nach dem Spülschwamm. Ihr kleiner Garten war vor allem mit Moos bewachsen. Das Holz der beiden Terrassenmöbel, ein Tisch und ein Stuhl, morsch und brüchig, stand kurz vorm Verrotten. Ihr Bad wirkte wie der Hinterraum einer Bibliothek, Filmscripts und Bücher über Opern überall auf dem Boden, auf dem Klodeckel italienische Dichter, die ultrakurzen Geschichten von Daniil Charms eingequetscht zwischen Klopapier und Flacons direkt daneben, sodass ich mich entschied, lieber im Sitzen zu pinkeln, aus Liebe zur Literatur und tiefer Verehrung für Charms.

Das war ihre Welt – und ich fand sie herrlich!

Ihre Wände waren mit Holzkohlezeichnungen

in abgegriffenen Rahmen geschmückt, ein paar Theaterplakaten, einem alten, sepiafarbenen, sehr schönen Filmposter von *Don Camillo* sowie Postkarten aus der ganzen Welt. Als wir in Löffelstellung im Bett lagen, fiel mein Blick auf ein selbst angefertigtes Gemälde. Das konnte sie also offenbar auch.

In diesen ersten Tagen waren wir zu faul, um zu kochen, zum großen Leidwesen unserer Bankkonten, und jeden Tag gingen wir essen. *Bubbles, no troubles*, als Aperitif. Immer. Wir machten Spaziergänge am Strand von Ostende, dem hässlichsten aller schönen Seebäder, wo ich eine Schnulze von Louis Neefs schmetterte, dem Lieblingslieferanten von musikalischen Schmalzprodukten meiner Großmutter: *Am Strand von Ostende, an einem sonnigen Tag. Du hattest Tang in den Haaren und lachtest mich an*. Und so weiter.

Arm in Arm, unser Leben in der Öffentlichkeit hatte begonnen, spazierten wir am Strand entlang, vor niemandem wollten wir uns noch verstecken. Wir fuhren nach Boulogne-sur-Mer, um Austern zu essen, wie ich dir schon erzählt habe. Nach Wépion wegen der Erdbeeren, obwohl die Saison schon vorbei war. Nach Zeeland zum Muschelessen. Nach Breskens aan Zee für Seezunge. Und nach Éghezée für Fritten mit Mayo. Überallhin. Vögeln und essen, mein Junge, die zwei Schlüssel zum Himmel!

Auch in der Hinsicht ist dein Leben die Hölle; ich kann nur hoffen, dass du im früheren Leben ein Sauhund gewesen bist. Das wäre immerhin ein Trost.

Deine Mutter war nicht die Einzige mit einem überfüllten Terminkalender; auch ich bekam wenig Gelegenheit, in meinem Sessel zu rosten, und in den ersten Monaten unserer Beziehung schliefen wir förmlich zwischen Koffern – Airmiles-Sammler, alle beide. Kontakt zu meiner pubertierenden Tochter, stattliches Überbleibsel einer prähistorischen Affäre, hielt ich ausschließlich noch über Ansichtskarten. Wenn es ging, reisten deine Mutter und ich einander hinterher. Berlin, London, Rotterdam, trauriges Malmö, Triest, Antwerpen, Lissabon, Venedig,

Marseille, Paris, Oslo, Wien. Und Avignon natürlich, wo sie mir auf diesem Hügel einen Platz in ihrer Zukunft gewährte. Ein warmer Sommer, in dem wir ständig nach Hotelshampoo rochen. Es war leicht, mit ihr zusammen zu sein. Ich liebte ihren Humor, ihre Energie, ihre Frivolität. Aber natürlich waren wir immer noch turtelnde Tauben ohne gemeinsames Nest. Höchste Zeit, einen festen Stellplatz für unsere Koffer zu finden, damit wir länger als jeweils nur drei, vier Nächte zusammen sein konnten. Wir brauchten ein Zuhause.»

—

«Bücher haben das spezifische Gewicht von Bäumen; viele bedenken das nicht, wenn sie ihre dünnen Gedichtbände in Umzugskartons stopfen. Ich schon, Chopin. Ich mittlerweile schon – als Mann vieler Schlüsselbunde. Etwas zu oft umgezogen, war ich es satt, meine gesamte Bibliothek, wie sehr sie bei jedem Umzug auch schrumpfte, wieder woanders aufzubauen. Mein Rücken machte das nicht mehr mit – und nicht nur mein Rücken: Auch mein Kopf litt unter einer Art Lumbago-Syndrom. Meine Lebensweise schien sich immer mehr dahin zu entwickeln, dass ich ohne ein einziges Buch enden würde. Warum sollte ich all das Papierzeug noch mitschleppen? Gelesene Bücher kann man schließlich auch ordentlich lagern, im Kopf, denn da gehören sie hin. Allmählich bedeckt sie dort der Staub des Vergessens. Zumindest die meisten, auch die guten. Mit etwas Glück strahlt ein Dutzend von ihnen bis zu unserem Tod in der schönsten Vitrine: der wabbligen Walnuss unseres Gehirns.

Als deine Mutter und ich endlich zusammenzogen, in eine Gegend, wo Dialekt und Nikotinsucht noch von Generation zu Generation weitergegeben werden, habe ich darum ernsthaft erwogen, all meine geliebten Bücher in den Papiercontainer zu stopfen. Sie fanden doch nirgendwo Ruhe und teilten so mehr oder weniger das Schicksal meines Kindes: von Frau zu Frau mitgeschleift, von Wohnung zu Wohnung, wenn auch mit dem Unterschied, dass meine Tochter stets nur besuchsweise mit diesen Frauen konfrontiert wurde, denn bei mir gewohnt hat sie nie. Immer bestimmte mein Terminkalender, wann ich mal wieder Vater spielen konnte. Doch so wie es meiner Tochter irgendwann zum Halse raushing, dass ihr Vater unablässig Preise von Umzugsunternehmen studierte, so litten auch meine Bücher unter dem Nomadenleben, das ihnen aufgezwungen wurde.

Etwas weniger als dreihundert besaß ich am D-Day, dem Tag, als deine Mutter und ich unsere Töpfe und Pfannen zusammenschmissen. Keine dreihundert Bücher, Chopin, nur noch dreihundert! Doch als sie endlich alphabetisch geordnet im Regal standen und sich mit denen deiner Mutter vermischten, war ich doch froh, dass ich sie nicht weggeworfen hatte.

Bücher sind bigamische Wesen stellte ich fest. Jahrzehntelang hatten sie sich mit meiner Partnerwahl abfinden und in nach fremden Geschmäckern zusammengestellten Sammlungen aufgehen müssen. Was hatte ich sie trauern sehen, eingepfercht zwischen hässlich editierten Bändchen mit trutschigen, routiniert gereimten Liebesgedichten. Zwischen Paperbacks feministischer Bestsellerautorinnen, dicken Schinken über Astrologie, den Umgang mit widerspenstigen Hauskatzen, Selbsthilfebüchern für Beziehungsgequälte, Anleitungen zum Yoga, Sammlungen vegetarischer Einpfannengerichte, Ratgebern bei Konflikten oder zur Zucht von Azaleen. Daher waren meine Bücher auch kaum freudig erregt, als ich sie zum x-ten Mal aus Umzugskartons holte, völlig uninteressiert an ihrer neuen Umgebung, den neuen Wohnungsgenossen im soundsovielten Bücherregal ... Doch plötzlich, beim Anblick ihrer neuen Brüder und Schwestern, sah ich sie aufblühen. Du kannst das vielleicht verstehen, schließlich sind geistig Minderbemittelte noch am ehesten bereit, an die Anthropomorphisierbarkeit von Büchern zu glauben, dass sie lachen können und weinen, Gefühle empfinden, lieben ... Ich sag dir, mein Junge: Als meine Bücher neben denen deiner Mutter im Regal standen, freuten sie sich wieder, geschrieben worden zu sein. Mein Jeroen Brouwers auf demselben Brett wie ihr Attilio Bertolucci, mein Pierre

Michon direkt neben ihrem Eugenio Montale, mein Panos Karnezis neben ihrem Yasunari Kawabata, mein Maurice Pons im selben Fach wie ihr Goffredo Parise (*una storia d'amore molto forte*, wie der Text auf der Rückseite beschrieb). Kurzum: ein glückliches Bücherregal. Unsere Literaturvorlieben verschmolzen – wie wir. Über zwanzig Titel hatten wir doppelt. Man sah unsere Bibliothek und man wusste: Die zwei haben's geschafft, sie gehören zusammen wie kein anderes Paar!

Ein unschuldiges Vergnügen, das ich mir lange Zeit nicht hatte gönnen können und das mit einem Mal wieder da war, bestand darin, mich vor meine hübsche kleine Bibliothek zu stellen und die Autorennamen und Titel einfach nur zu betrachten, die Einbände und Buchrücken zu streicheln. Rücken, oft ebenso ramponiert wie meiner. Manchmal musterte ich vom Sessel aus unser vereinigtes Buchkönigreich und stellte mir vor, all diese Gedichtbände und Romane würden miteinander plaudern. Auch unbelebte Dinge können nämlich kommunizieren, so verrückt sich das im ersten Moment vielleicht anhören mag. Wenn zwischen zwei Teilchen eine bestimmte Verbindung besteht, sind sie in der Lage, einander ihre Zustände mitzuteilen. Das ist ein Naturgesetz: Durch Quantenverschränkung können sie einander Informationen übermitteln. Ich wette, für dich hört sich das glaubhafter an als für jemanden mit einem durchschnittlich funktionierenden Gehirn. Diese albernen Zeichentrickfilme, die sie dir immer vorspielen, in denen Autos miteinander diskutieren und Teekannen sich mit dem Besteck über die Grobheit des Geschirrtuchs ereifern, enthalten einen wissenschaftlichen Kern Wahrheit. Sei's, wie es ist.

Abends lümmelte ich oft auf dem Sofa herum – Glas Wein, Zigaretten in Reichweite – und ließ zufrieden den Blick über die literarischen Monumente schweifen, während deine Mama die schönste Musik von Beethoven auf dem Konzertflügel zauberte. Dabei fragte ich mich, wie sie so viel Keckheit ausstrahlen und gleichzeitig sieben komplett zerlesene Bände Nietzsche ihr Eigen nennen konnte. Ihre drei Bände der *Divina Commedia* hatte sie in umgekehrter

Reihenfolge geordnet, erst also das *Paradiso*, dann das *Purgatorio* und zuletzt das *Inferno*. Ob sie damit etwas sagen wollte, wagte ich mir nicht vorzustellen. Ich habe es sie auch nie gefragt. Nie die Arroganz besessen, die drei Bände in die richtige Reihenfolge zu bringen.

Wir wohnten fast wie Studenten. Während meine Altersgenossen einer nach dem anderen Gartenfeste gaben, um die letzte Ratenzahlung ihrer Einfamilienhäuser zu feiern, bezog ich mit deiner Mutter ein einfaches Reihenhaus zur Miete, obwohl wir die Mittel besaßen, uns einen aufwändig gepflegten Garten mit Rasen und Buchsbaumhecke zu leisten. Doch was sollten wir damit, schließlich wollten wir lieber früher als später in die Provence ziehen. Warum also hier in ein Haus investieren? Unsere Schmutzwäsche brachten wir in den Waschsalon und warteten dort zwischen Familien oft fremdländischer Herkunft, die kein Geld für eine Waschmaschine besaßen. Unsere Möbel waren zusammengestoppelt, vom Sperrmüll oder von Freunden. Nicht zwei unserer Stühle passten zusammen. Als Wohnzimmertisch benutzten wir Weinkisten. Alles, was ich einmal an Möbeln besessen hatte, hatte ich in der alten Wohnung gelassen. Nichts sollte mich an die Vergangenheit erinnern. Bis auf meine Klamotten, meine Platten und meine Bücher war ich mit nichts in ihr Leben getreten. Ich fing ganz von vorn an, und das war ein gutes Gefühl. Ich hatte in stattlichen Häusern gewohnt, mit manchmal wahren Postkartenaussichten, geeignet für Puzzles von dreitausend Teilen. Designermöbel und Kunst hatte ich besessen, außerdem ein Bett im Wert eines Kleinwagens, mit Hundertzonenmatratze, um schmerzfrei zum Frühstück erscheinen zu können. Aber die einfache Koje, in der ich mich mit deiner Mutter quantenverschränkte, war die beste Schlafstelle, in der ich jemals lag. Nirgends bin ich je glücklicher gewesen. *Una storia d'amore molto forte.*

Ein kleiner, unbeleuchteter Weg führte zur Haustür, wo es durch die nördliche Ausrichtung und den dichten Bewuchs ständig feucht war und gelatineartige Schnecken sich mit ihren Rucksäcken scharenweise durchs Leben schleimten. Kamen wir nach Sonnenuntergang nach Hause, hatten wir keine andere Wahl, als die Tierchen unter unseren Sohlen zu zermalmen. Wie an einem Muschelstrand knirschte und knackte es. Romantisch, außer natürlich für die Schnecken.

Bescheiden, könnte man sagen. Wir lebten bescheiden. Aber viermal pro Woche aßen wir auswärts, tranken Champagner und stießen auf das an, was wir nicht auszusprechen brauchten. Diese Tradition behielten wir bei. Schön waren ihre Augen ja immer, aber am schönsten vielleicht, wenn sie mich beim leisen Gläserklirren ansah. Mit den Augen sprechend. Singend. Immer wieder amüsierte es sie, wie ungeschickt ich mich beim Essen von Austern anstellte, die ich jedoch wahnsinnig mochte und von denen ich zu ihrer Belustigung schon zum Aperitif immer ein halbes Dutzend bestellte. Gern ließ ich mir zum hundertsten Mal von ihr erklären, wie ich diesen göttlichen Seerotz aus der Schale popeln musste … Ach, Chopin, wir müssen unbedingt mal zusammen Austern essen gehen.

Die elementaren Genüsse … Eins lass dir gesagt sein: Traue nie Menschen, die keine Austern mögen, wahrscheinlich sind sie frigide …»

—

Es gibt kein besseres Antipasto als ein Gespräch über Essen. Austern hatte Pierre zu seinem Bedauern zwar nicht mitgenommen, dafür gab es aber marinierte Zwiebeln, Oliven aus Nyons (die besten!), ein Stück Wurst und Knoblauchbrot. Außerdem Kaffee, nicht zu vergessen. Höchste Zeit also für das Picknick, obwohl Sonny wenig Appetit zeigte und demonstrativ den Kopf wegdrehte, als Pierre ihm den Trinkjoghurt erneut an den Mund hielt. Während des schweigenden Kauens (beides habe er nie genügend getan, hatte Pierre immer zu hören bekommen, sowohl kauen als auch schweigen), verfolgte er die anmutigen Bahnen eines hoch kreisenden Gänsegeiers, dieser wohl majestätischsten Gattung der Altweltgeier. Etwas weiter, im Dorf Lioux, bereitete er sich auf der Falaise de la Madeleine aus Zweigen und Gräsern nach jahrtausendealtem Bauplan seine Nester. Nester, die selbst dem stärksten Mistral trotzen. Er war der Bestattungsunternehmer der Gegend. Er beseitigte die Kadaver, bis einmal ein Artgenosse mit seinem das Gleiche tun würde. Er befand sich auf Spähflug, erkundend, ob die zwei Herren dort auf dem Hügel immer noch nicht in der Hitze verschmachtet waren. Außergewöhnlich, denn wie Pierre war der Geier ein geselliger Esser und begab sich lieber im Schwarm auf Proviantsuche.

«Also, Chopin, eines hätte deine Mutter enttäuscht: dein Appetit. Essen war für sie was Sakrales, ein Mittel, mit dem man Freundschaft ausdrückte. Unter anderem. Wenn sie und ich abends zu Hause blieben, wollte immer sie kochen. Darauf bestand sie. Mit Topf und Rührlöffel war sie sogar ziemlich fanatisch. – Verrückt, denn die heilige Unvorsehung hatte mich bisher immer mit Frauen verlinkt, deren wichtigste Küchengeräte Dosenöffner und Mikrowelle waren. Also war immer ich derjenige, der kochte, doch das hatte mich nie gestört.

Ich kochte nicht ungern. Wirklich nicht. Aber für den Geschmack deiner Mutter zu bäuerlich. Das war kein Vorwurf, eher ihre x-te Quelle des Frohsinns: mein Hang zu Rosen- und Blumenkohl, mein kulinarisches Denken im Koordinatensystem der Kartoffel. Natürlich hatte sie recht: Wenn ich am Herd stand, hätte genauso gut meine Urgroßmutter dort stehen können. Exotischer als eine Zabaglione wurde es bei mir nie.

Deine Mutter zauberte uns die Méditerranée auf den Teller. Und das tat sie hinreißend. Etwas Fenchel, eine Zwiebel, eine Tomate – und sie verwandelte es in ein Festmahl. Nichts tat sie lieber, als mich zu füttern. Ich konnte tun, was ich wollte, ständig steckte sie mir irgendwas in den Mund. An ihren Fingern gab es immer etwas zu schlecken.

Nun weiß ich, dass meine magere Figur Frauen stets dazu antrieb, sich wie von Hunden gehetzt in die Küche zu stürzen. Wenn man's nicht besser wüsste, könnte man meinen, du hättest deine verkümmerten Ärmchen von mir. Seit meiner Kindheit empfand man mein

Körpergewicht als Affront, und ganze Kolonnen von Frauen setzten ihren persönlichen Ehrgeiz daran, mich durch ihre Kochkünste aus der Knechtschaft von Gürteln und ähnlichen Hosenhochhaltern zu befreien. Meine Mutter hatte erste verdienstvolle Versuche mit – zugegeben – berückender Kalbszunge in Madeirasoße unternommen. Großmütter und Tanten ergänzten ihre Bemühungen mit fingerdick Butter, mächtigen Speckrändern und Unmengen Torte. Nachbarinnen schauten verächtlich auf meine Rippen, wenn ich barbusig meine Sommerferien im Gartenplanschbecken verbrachte, und meinten diese Versündigung an der Natur wiedergutmachen zu müssen, indem sie mir ihre Backkünste aufdrängten. Manchmal hatte ich den Eindruck, ich würde von ihnen missbraucht, als Objekt in ihrem natürlichen Wettstreit um den Titel der besten Küchenmatrone des Dorfes, einem Kampf, der erst definitiv entschieden sein konnte, wenn es einer von ihnen gelungen wäre, mich fett zu mästen. Auch die Nonnen im Internat schütteten mit tyrannischer Wollust riesige Kellen Garküchenkost auf meinen

Teller; der Eifer, mit dem sie mir einen zweiten aufnötigten, ließ mich befürchten, ich käme aus diesem Erziehungsgefängnis erst frei, wenn ich das erwünschte Körpergewicht erreicht hätte. Ich erinnere mich an den ernsten Blick des Hausarztes, jedes Mal, wenn meine Plattfüße einen Schweißstempel auf seine Waage gedrückt hatten … Später kamen die Mütter von Freunden sowie – auch das gab es – Freundinnen dazu, die leicht besorgt damit rechneten, meine Schwiegermutter zu werden. Mit ihren Rahmsuppen, Aufläufen, Kroketten, gefüllten Fasanen und was nicht noch alles sahen sie sich von meiner Appettitlosigkeit um den Lohn ihrer Gastfreundschaft gebracht und schlossen die Mahlzeit mit dem kaum verhohlenen Vorwurf: ‹Aber mein Junge, du musst wirklich mehr essen, du bist ja nur Haut und Knochen …› Worauf wieder eine Lammkeule in den Ofen geschoben wurde.

Im Gegensatz zum Rest der Damenwelt hatte deine Mutter keine missionarischen Absichten in Bezug auf meinen Body-Mass-Index, auch wenn ich unwiderlegbar zu dünn war. Ein

Körper, den schon eine Erkältung vollkommen umwarf. Mehr Gräte als Rippe. Natürlich fand sie es schade, dass ich rauchte wie ein Krematorium, so viel Kaffee soff, dass mein Entwässerungssystem es kaum schaffte. Mein Vitamin B war Nikotin, Gesundheit war nie ein entscheidender Faktor meiner Speisenauswahl. Aber das war meine Sache. Sie hatte nicht den geringsten Bekehrungsdrang. Ich wusste selbst, dass ich am Rauchen einmal kaputtgehen würde, das brauchte sie mir nicht auch noch zu predigen. Wenn sie mir gesundes und leckeres Essen in den Mund schob, tat sie das aus Freude am Genießen. Und weil Liebe, wie man zu Recht sagt, durch den Magen geht. Nur ihrem Kefir, von dem sie jeden Morgen diszipliniert einen Schluck trank – aus einem Glas mit irgendwas zwischen noch ziemlich gesundem Morgenurin und einem in Formalin eingelegten Fötus im Frühstadium –, verweigerte ich mich. Nicht einmal probieren wollte ich ihn. Jeder Mensch hat seine Grenzen, und meine lagen dort. Beim Kefir und beim Kombucha. Fermentierte Geschwüre.

Und ausgerechnet sie …»

Er behielt den Gedanken für sich.

«Apropos, lieber Chopin, wir vernachlässigen uns selbst. Was meinst du? Noch einen Schluck Wein?»

—

Im Tal musste das Leben inzwischen wieder in Gang gekommen sein. Die Hunde, die, von der Hitze schachmatt gesetzt, zu faul gewesen waren zu bellen, waren aus ihrer Siesta erwacht und dehnten, noch wenig überzeugt, die Vorderbeine mit einem breiten Gähnen, das die dunkelgelben Stalagmiten ihrer stinkenden Schnauze entblößte. Ein ungeduldiger Spieler inspizierte vielleicht schon im Schatten einer Platane die Unebenheiten der Petanquebahn, sich geistig-moralisch auf den Kampf vorbereitend, den die großen Philosophen des Dorfes dort am heutigen Abend austragen sollten. Die Geschäfte öffneten wieder, im Dienste des Eis schleckenden, Sandalen tragenden nordländischen Pöbels. Der Duft von Lavendelkonzentrat waberte wieder durch die Straßen, und Pierre erkannte, dass er sich beeilen musste mit seiner Geschichte, wollte er sie rechtzeitig beenden, bevor die untergehende Sonne die Hügel in rosa Licht tauchen würde. Zu lange – wenn auch absichtlich – hatte er sich mit dem Anfang seiner Erzählung aufgehalten. Daran war an sich nichts verkehrt, schließlich enthielt gerade der die Essenz dessen, was er eigentlich sagen wollte: dass nämlich das Feuer zwischen Sonnys Mutter und ihm ein real existierendes Märchen gewesen war. Ihre Bedeutung in seinem Leben zeigte sich darin, dass er es in zwei grundsätzlich verschiedene Perioden einteilen konnte: Es hatte eine Zeit vor ihrem Kennenlernen gegeben, und es gab sein Leben danach. Wie ein Nullmeridian trennte diese Sternstunde jene beiden Existenzformen. Aber … Wie eine Gewitterwolke hing dieses verdammte «Aber» über seiner Erzählung, das musste selbst der hirnlose Sonny gespürt haben. Sie waren nicht hergekommen, um endlos über Bücherregale und Aufläufe zu plaudern.

«Auf unsere … unsere … Liebe ist nie ein Schatten gefallen, Chopin. Nie. Keine Sekunde haben wir aufgehört, einander anzubeten.»

Er hatte ein anderes Wort für «Liebe» gesucht. Genau wie schon eben, als er unzufrieden gewesen war mit dem verwaschenen Containerbegriff «Seele». Etwas Stärkeres, Außergewöhnlicheres suchte er. Aber ihm fiel nichts Besseres ein als eben genau dieses Wort, benutzt schon von Millionen anderen vor ihm; anderen, die später gleichwohl offenbarten, dass es keiner Brecheisen bedurfte, um Schwüre in tausend Trümmer zerbersten zu lassen. Auch bei Sonnys Mutter und ihm war es zunächst nur Liebe gewesen. Liebe war überall. Liebe war nirgends.

«Vergiss Romeo und Julia samt King Kong und seiner bohnenstaksigen Blondine. Diese Hyper-Romantik ist kalter Kaffee verglichen mit den Kräften, die zwischen deiner Mutter und mir wirkten. Aber – immer dieses Scheiß-‹Aber›! – in ihr wirkte noch etwas anderes als ihre leidenschaftliche Liebe zu mir, und das war ihre Sehnsucht nach Kindern. Den eigenen, noch ungeborenen Kindern. Sie sprach es nie aus, vielleicht, weil sie bis in die Haarwurzeln spürte, dass an mir kein begeisterter wirklicher Vater verloren gegangen war. Obwohl ich durchaus einen Ableger hervorgebracht hatte, längst ehe wir uns kannten. Trotzdem war der Vaterinstinkt ein Gen, ein Talent, über das ich nicht verfügte. Gänzlich verhehlen konnte sie ihre Sehnsucht aber nicht. Verhehlen, verdrängen. Sie war die geborene Mutter. Ein Familienmensch. Wohl, weil sie selbst in einem geradezu klassischen Familien-Idyll aufgewachsen war, hatte aufwachsen dürfen. Das Fürsorgliche, Dienende lag in ihrer Natur. Frauen können das, für einen anderen leben. Leben wollen. Müssen.

Weißt du, Chopin, der Fortbestand einer Art beruht vor allem auf kleineren und größeren Katastrophen. Mit Liebe allein hätte keine einzige Spezies sich von der Urzeit ins Heute gerettet. Das wusste die Natur. Es hatte der Erfindung des Orgasmus bedurft, um Familienfeste auch dauerhaft lebendig und vielköpfig zu halten. Des Sexualtriebs – Motor der Fortpflanzung.

Ohne Trieb keine neuen Triebe. Vorzeitiger Samenerguss und Vergewaltigung waren bei unzähligen Arten der Schlüssel zum Überleben. Tut mir leid, wenn ich deinen frommen Sinn damit verletze. Ein kurzer Blick in die Biologie nimmt einem schnell die verklärte Sicht auf die Dinge … Als Darwin – doch bestimmt jemand, der die Überlebensstrategien unserer Spezies studiert hat – sich fragte, ob er die Frau heiraten sollte, die ihm ein gehöriges Dingdong durchs Glockenspiel jagte, stellte er eines Abends eine Liste aller Vor- und Nachteile einer Ehe zusammen. Eine Spalte mit Pluspunkten und eine mit Minuspunkten. Zu den Pluspunkten zählten: Eine Ehefrau ist bessere Gesellschaft als ein Hund. Zu den Minuspunkten: Die Ehe ist eine zeitraubende Angelegenheit, und das Budget, das man für Bücher ausgeben kann, sinkt dadurch beträchtlich. Ausrufezeichen. Nach langem Abwägen aller Pros und Contras beschloss er, seiner Emma – ziemlich überraschend – doch noch einen Heiratsantrag zu machen. Aber auf dem häuslichen Sofa bei ihr begann dieser Erzromantiker ihr schwitzend seine Theorien über die Veränderlichkeit der Arten und seine Forschungen im Bereich Tierzucht zu erklären, und vergaß dadurch prompt, seinen Antrag zu stottern …

Die Gegner des Darwinismus sollten es oft für einen Treppenwitz halten, dass dieser Besserwisser mit seiner derart auf *Vererbung* beruhenden ‹Evolutionstheorie› so dumm gewesen war, sich mit einer Verwandten zu paaren, was zu zwei kränklichen Kindern führte, die schon nach kurzer Zeit den Totengräbern Arbeit bescherten.

Weißt du, mein Junge, ich will damit sagen: Für die Natur ist es darum eine empörende Enttäuschung, wenn wirklich einmal Liebe im Spiel ist und eine der beiden Parteien – wenn auch aus anderen Gründen als rein amourösen – sieht trotzdem kein Heil darin, seine Gene ins Futurum zu schießen.

Dabei hatte ich, wie gesagt, gar keinen Status als Kinderloser zu verteidigen. In dem Punkt brauchte ich nichts zu beweisen. Ich war schon einmal Vater: eine Kalamität – kunstvoll von der Evolution programmiert. Vor Wut und Ohnmacht gekotzt habe ich, als ein Gynäkologe mir die Nachricht meiner ungeplanten und unerwünschten Vaterschaft brachte. ‹Gratuliere!›, fügte er mit dümmlichem Doktorgrinsen hinzu, nicht ahnend, wie sehr diese unbedachte Äußerung ihn in Todesgefahr brachte, und zwar durch meine höchsteigenen Fäuste. Kastrieren hätte ich ihn können, mit einem der vielen Folterwerkzeuge in seiner Praxis. ‹Gratuliere›? Eine Mammographie seiner miesen Visage hätte ich ihm am liebsten verpasst!

Sechsundzwanzig war ich und suchte – wenn auch mit den Augen in den Hosentaschen – immer noch nach mir selbst. Doch als das ohne Liebe gezeugte Kind mir dann vollkommen gesund in den Arm gelegt wurde, fast zeremoniell, packte das zwei Kilo und achthundert Gramm schwere Wesen mit seinen kleinen, winzigen Händchen meine Finger, und ich wusste: Verdammt, jetzt hast du dich in dieses bescheuerte Baby auch noch verliebt! – Der andere Zaubertrick der Natur. Ich schwör dir, Chopin, vom einen Moment auf den anderen fühlte ich mich als treusorgender Vater. ‹Willkommen›, sagte ich zu dem neugeborenen kleinen Monster. Natürlich war es so begriffsstutzig wie jetzt immer noch du, es hatte also genauso wenig Sinn, mit ihm zu sprechen, wie den ganzen Tag schon mit dir. ‹Willkommen auf diesem gottverdammten Planeten!›, sagte ich trotzdem. Nichts und niemand durfte sich an diesem kleinen Wesen vergreifen, oder er würde meine Dämonen zu spüren bekommen. Einige Wochen danach, auf dem Gipfel ihrer postnatalen Depression, sagte seine Mutter zu mir: ‹Du bist ein besserer Vater als Liebhaber.› Wieso? Weil ich das Kind mit Purcell in den Schlaf sang? Es hatte wohl eher ein Witz sein sollen, angesichts meiner jahrelang herumposaunten Aversion gegen den Fortpflanzungsterror. Aber vielleicht lag auch ein Kern Wahrheit darin. Ich folgte Charles Darwins Beispiel und schrieb eine Liste. In der Spalte mit Pluspunkten stand nichts. Ich verließ die Mutter an einem deprimierenden Dienstag, ihr schoss vor Kummer die Milch aus den Brüsten, doch ich fuhr von allen Ketten befreit durch die Stadt, ohne Hausrat, mit nur ein paar Büchern und etwas Kleidung – eine Übung, die ich noch mehrmals mit Macht wiederholen sollte –, so glücklich und froh! Meinem schlechten Gewissen erkaufte ich Ablass mit Alimenten. Die Vaterpflichten erfüllte ich, indem ich an Wochenenden den albern-bemühten Spielkameraden gab. Wie viele Männer sollte ich später behaupten, mein Kind sei das schönste Unglück, das mir je zugestoßen sei. Und es ernst meinen. Zu einem erneuten Verlangen nach Familienbrimborium konnte mich das aber keinesfalls bringen. Im Gegenteil.

Doch es war mein Schicksal, immer an Frauen zu geraten, deren Bäuche sich nach Schwangerschaft sehnten. Ihre Eierstöcke gierten nach meinem Material, als zöge etwas an mir und meinem Charakter sie an, obwohl ich mir beim besten Willen nicht vorstellen konnte, was. In einem Anfall von Paranoia ging ich – mit ungefähr achtundzwanzig – zu einem Arzt, um mich sterilisieren zu lassen. Der erklärte mich für verrückt, ein bibeltreuer Katholik vermutlich. Ein anderer Arzt weigerte sich ebenso, wenn auch aus medizinischen Gründen: Bei der

Untersuchung hatte er nämlich Kalkablagerungen in meinen Hoden entdeckt, was zu gefährlichen Komplikationen bei der Operation führen könnte. Verkalkte Hoden, Chopin, hast du so was schon mal gehört? Ich kenne nur einen solchen Fall auf der Welt, und das bin ich! Ich weiß, dir fehlt auch alles Mögliche. Deine Finger sind dünn wie Weidenruten und stehen in alle Richtungen, und das sind Lappalien im Vergleich zu all deinen anderen Gebrechen. In Sachen Unglück hast du deine Ration sicher bekommen. Aber in Sachen Kalk in den Hoden kannst du dich trotzdem nicht mit mir messen, tut mir leid. Du kannst nicht in allem der größte Pechvogel sein. Wie heißt es so schön: ‹Gott ist gnädig›?

Einmal jenseits der Vierzig löste das Problem sich zum Glück von allein, weil die biologische Uhr der Frauen, mit denen ich etwas anfing, ausgetickt hatte. Der Kuckuck ließ sich nicht mehr blicken. Du kannst dir nicht vorstellen, wie froh ich war, die erste Lebenshälfte endlich hinter mir zu haben. Keine Vorstellungsbesuche bei potenziellen Schwiegereltern mehr, die lagen schon unter der Erde; befreit von der Angst, noch mal ein Kinderzimmer – in Rosa auch noch! – einrichten zu müssen … Und weißt du, gerade als ich mich mit meinem Alter vollkommen abgefunden hatte, lief mir deine zwölf Jahre jüngere Mutter über den Weg, und Cupido, dieser Wahnsinnsknabe, schoss seinen ganzen Köcher Pfeile auf mich ab. Meine Tochter war zu diesem Zeitpunkt schon ein Teenager, voll entwickelt, ein nächtliches Raubtier mit einem Paarungsverhalten, das ihr den Tadel eintrug, es gliche meinem aufs Haar – was mich befürchten ließ, ziemlich bald Großvater zu werden.

Natürlich war ich dem Mädchen kein guter Vater gewesen. Meister der Abwesenheit in allen wichtigen Momenten. Nur schöne Dinge haben wir miteinander geteilt, das sagt wohl genug. Für die schwierigeren, sagen wir: *lebensanschaulichen* Fragen war ich nicht zuständig. Dinge, die ich zum Beispiel nie mit ihr getan habe, sind: nach dem Baden Haare abtrocknen, Hand in Hand die Straße entlanglaufen, sie von der Schule abholen … Muss ich noch mehr erklären? Ihr Herz blieb mir verschlossen. Nur ein Mal durfte ich an ihrem Kummer teilhaben, und zwar, als sie mit ungefähr neun einen riesigen Sturz mit dem Roller hinlegte und Fetzen Haut auf dem Asphalt kleben blieben. Um sich für meine beschissene Leistung als Vater zu rächen, hat sie die wenigen Dinge, die ich ihr wirklich hätte geben können und wollen, immer zurückgewiesen. Nie zum Beispiel ein Buch gelesen, außer unter Zwang für die Schule. Pflichtlektüre, die sie als Dünger auf ihre wachsende Abscheu vor Literatur streute. Musik war was zum Geschirrspülen oder als Taktgeber bei der Fitness. Monteverdi oder Miles Davis waren ihr zu miefig. Sie rochen nach mir. Museen: gepflegte Friedhöfe der elitären Kunst. Und so weiter. Ich liebte sie darum nicht weniger, aber es war ‹eine vollkommen witzlose, aus nichts als Worten bestehende Liebe›, ein Vorwurf, bei dem ich ihr nicht unrecht geben konnte ... Als Sohn war ich gescheitert, als Vater ebenso – nicht dass ich mich je für eines von beiden beworben hätte, aber trotzdem: Ich hatte es grandios vermasselt ... Dabei war meine Tochter nie unfreundlich zu mir. Eher korrekt. Diplomatisch. Doch ohne irgendwelche Extras.

Zu meiner Beerdigung irgendwann wird sie sich wohl freinehmen, solange dabei keine ergreifende Rede von ihr verlangt wird.

Aus Rache werde ich ihr meine dreihundert Bücher vermachen!»

Als Pierre seiner Tochter schließlich von der neuesten Entwicklung auf seinem Lebensparcours – der Beziehung zu Sonnys Mutter – erzählte, musste sie hemmungslos lachen: «Als Nächstes düst du wahrscheinlich mit 'ner Harley durch die Gegend! Oder 'nem Jaguar!» Eine Lederjacke habe er sich ja schon gekauft. Papachen bekäme buschige Augenbrauen, aus Nase und Ohren sprieße ihm undefinierbares Gestrüpp, und er spiele auf einmal den Halbstarken und kleide sich auch noch so. Rührend. Sein verliebtes Geschwärme amüsierte sie und war ihr gleichzeitig peinlich, und wie nebenbei ließ sie den Satz fallen: «Schade – an meinem Halbbruder oder meiner Halbschwester wird dein Enkel wohl mehr Freude haben als ich!»

Verrückt – während keiner seiner Beziehungen, wie dauerhaft die auch ausgesehen hatten, hatte seine Tochter je von Halbbrüdern oder -schwestern angefangen. Und jetzt auf einmal! Erstaunlich, denn wenn ein Mensch wusste, dass Pierre mit Kindern ungefähr so gut umgehen konnte wie mit – sagen wir mal: Shetlandponys, dann war sie es.

Und jetzt plötzlich: Boff! Voll vor den Bug!

In ihren Worten hatte mitgeklungen: «Für mich warst du nie da, für jemand anderen kannst du das offenbar schon.»

Pierre hatte bisher keine Viertelsekunde die Möglichkeit eines zweiten Kindes auch nur erwogen. Und was heißt schon «erwogen»? Es stand einfach nicht zur Debatte! Oder strahlte er es unbewusst doch aus, endlich, wenn auch etwas spät, bereit für die Vaterrolle zu sein? War es die Chemie, das ideale Mischungsverhältnis zwischen Sonnys Mutter und ihm … Er wusste es nicht. Damals nicht.

«*Du* kennst das», hatte Sonnys Mutter zu ihm gesagt, als sie ihn mit seiner Tochter erlebt hatte.

«Du weißt, wie das ist, Kinder zu haben. Das ist der Unterschied zwischen uns.»

Sie hatte sich Mühe gegeben, bei diesen Worten so wenig Bedauern oder Sehnsucht mitschwingen zu lassen wie möglich. Eine Feststellung, mehr hatte ihre Bemerkung nicht sein sollen.

—

Männer, die viel reden, und Frauen, die zu viel trinken, bringen nichts Gutes. Schon immer hatte Pierre sich schuldig gefühlt, wenn er von einer Party nach Hause zurückkehrte, auf der er wieder mal viel zu viel schwadroniert hatte. Im Maulheldenmodus konnte er sich wirklich nicht leiden, doch leider merkte er es immer erst zu spät, dass sein Sprachwasserhahn wieder den ganzen Abend auf Höchstleistung gelaufen ist. Schuldgefühl über seine unverbesserliche Quasselsucht. Scham für seine Stimme, die ihn schnell anwiderte, auch wenn andere ihm mehrmals deren Schönheit bestätigt hatten. Ein Kompliment, das er übrigens schlecht annehmen konnte (nicht nur seine Stimme betreffend, auch ganz allgemein war er besser im Entgegennehmen von Vorwürfen). Scham für seine schlechten Witze, deren Abgeschmacktheit ihm schon während des Erzählens aufging, die er aber trotzdem – wenn auch weniger enthusiastisch – zu Ende erzählte, weil es so peinlich wirkte, mittendrin aufzuhören. Scham, weil er, ohne es zu wollen, die Höflichkeit anderer missbrauchte, seine bescheuerten Witze auch noch mit einem Hihi oder Haha honorieren zu müssen. Das Tragische war, dass er dieser Erkenntnis nicht folgte und trotz seiner Aversion gegen sein eigenes Geschwätz ein unverbesserliches Waschweib blieb. Als wollte er damit zeigen, dass er größtenteils von seiner Großmutter erzogen worden war, seine Sprache sich bei Kaffeekränzchen, Stricknachmittagen und Kartenspielrunden ältlicher Tanten gebildet hatte, den wandelnden Zeitungen des Dorfes.

Das stundenlange Reden begann ihn jetzt zu ermüden. Sein Mund tat buchstäblich weh von der Anspannung, und er hatte schon überlegt, sich eine kleine Ruhepause zu gönnen, als Sonny ihm unerwartet zu Hilfe eilte.

Hatte der Junge in den vergangenen Stunden dagesessen wie ein stummes Theaterrequisit, wechselte er aus diesem Darstellungsmodus unvermittelt in ein spastisches Intermezzo. Seine Gliedmaßen begannen zu zucken, er zitterte am ganzen Körper, als wollte er den Teufel damit aus seiner vermaledeiten Haut treiben, was diesem beängstigenden Schauspiel noch einen positiven Nebeneffekt verliehen hätte. Er bekam Schaum vor dem Mund, lief blau an, stöhnte, brüllte, schrie. Pierre war ratlos und wusste nichts Besseres, als ihm tröstend über den Kopf zu streicheln, bis dieser tollwütige Anfall sich gelegt hätte. Sollte es am Wein liegen? So viel hatte er nicht getrunken. Zwei Gläser. Okay, maximal drei. Lag es an der Hitze? Dem Wechsel des Tagesrhythmus' und der Umgebung? Es mussten anstrengende vergangene Stunden gewesen sein für den armen Kerl, ganz bestimmt. Auf einmal sah er auch ziemlich blass aus.

Nach ungefähr zehn Minuten beruhigte er sich, schien ausreichend erschöpft in ein Schönheitsschläfchen zu sinken. Gerade noch rechtzeitig, Pierre war schon drauf und dran gewesen, das Pflegeheim anzurufen, wollte erklären, wo sie sich befanden, und fragen, ob und wie man Sonny helfen könnte. Aber siehe da, die Gefahr schien gebannt. Für wie lange jedoch, mochte Beelzebub wissen. Pierre streichelte seinem Gefährten weiter über Kopf und Schultern, bis dessen Atmung sich wieder beruhigt hatte, vielleicht, weil er von einem Elysium träumte, seinem höchstpersönlichen Medina für Minderbemittelte, das sich normal Begabte nicht mal im Traum ausmalen können.

Nein, lange durfte dieser Tag nicht mehr dauern. Noch vier Zigaretten für den Rest seiner Erzählung. Und er hatte noch Wein. Ein Fläschchen Sang du Peuple, einst Hauswein von ihm und Sonnys Mutter, von einem Hang, fünf schäbige Meter von der päpstlichen Enklave entfernt, der darum nicht als Rhônewein etikettiert werden durfte, doch alle Eigenschaften desselben besaß. Regelmäßig hatten sie ein paar

Kisten gekauft, wenn sie zufällig in der Gegend waren. Zweihundert Kilometer mehr oder weniger machten ihnen dabei nichts aus. Umwegwein. *Mérite un détour.* Anlässe, eine Flasche dieser bescheidenen Köstlichkeit zu entkorken, hatten sie immer gefunden, ein Schluck davon würde Pierre bis in alle Ewigkeit Amen in die zärtlichsten Tage seines Lebens zurückführen.

Tristesse und wie man sie im Handumdrehen erzeugt: Man erinnere sich an Glück.

—

Aus allen Perioden seines Lebens erinnerte Pierre sich mehr an die Gefühle als an die Ereignisse. Seine Angst im Dunkeln zum Beispiel mit fünf. Die Erkenntnis des Todes und die Unmöglichkeit, ihn zu fassen, mit sechs. Das pascalsche Ringen mit der Idee eines unendlichen Weltalls. Die Furcht vor seinem Vater mit neun. Die unnennbare Schwermut jeden Sonntagnachmittag mit vierzehn und noch einige Jahre danach. Das Gefühl der Befreiung nach dem Verlust seines Glaubens. Das Selbstvertrauen, endlich doch noch, nach seinem ersten Kuss, obwohl das Mädchen längst nicht so schön war, wie er es sich gewünscht hatte. Das Gefühl, endlich erwacht und erst jetzt richtig geboren zu sein, mit siebzehn. Am Abend seines Zwanzigsten fühlte er sich alt, voll Reue ob der verschwendeten Zeit und Gelegenheiten. (Die T-Shirts mit dem Aufdruck *F#ck I am 20* gab es damals noch nicht.) Wütend auf sich selbst, als er sich mit sechsundzwanzig ein Kind hatte anhängen lassen, enttäuscht über sich, ein Waschlappen, zu feige, auf eigenen Füßen durchs Leben zu tanzen. Ruhe in seiner vierten Dekade, zu viel sogar, er muss sie komplett verschlafen haben. Vollkommen überrascht und glücklich dann, dass die zweite Lebenshälfte sich mit Sonnys Mutter so frühlingsgleich anging – *den* Sommer hatte er auch nicht aufhalten können. Er fühlte sich *gereinigt* dadurch, dass er den Großteil seiner Vergangenheit gelöscht hatte. Kein Neuanfang mit einer komplett neuen Tafel, aber er bekam einen Schwamm und bessere Kreide.

In seinem Freundeskreis vollzogen sich zu dem Zeitpunkt ähnliche Entwicklungen. Die

Scheidungspartys, die plötzlich überall gefeiert wurden, waren mitunter weit fröhlicher als die Hochzeiten fünfzehn Jahre zuvor. Ex-Partner gingen unberingt oftmals viel freundlicher miteinander um, als hätten sie sich nur darum getrennt, um ihre Freundschaft zu erhalten. Die gemeinsame Vergangenheit wurde als wertvolle Erfahrung gesehen und dementsprechend gewürdigt. Viele gingen neue Beziehungen ein, bildeten «Patchwork-Familien», wie das jetzt hieß, als ließen sich wärmende Decken jederzeit wieder neu zusammenstückeln. Wie oft hörte man das Mantra des Midlife: «Dem Partner, mit dem ich Kinder hätte haben wollen, bin ich zu spät begegnet. Schade für die Kinder, aber gut, dass wenigstens wir uns gefunden haben.» Zwei seiner besten Kumpane dagegen wurden sehr wohl noch mal Vater, obwohl schon Aufrufe zur Prostata-Voruntersuchung bei ihnen eintrafen. Der eine bekam eine Tochter, der andere Zwillinge – und sie wirkten überaus glücklich. Beim launigen Babyumtrunk allerdings wurde Pierres Wein im Mund Essig, als ihm plötzlich aufging, dass das, was da jetzt in der Wiege so freudebringend vor sich hin schlummerte, eines nicht allzu fernen Tages das T-Shirt mit dem Aufdruck *F#ck I am 20* tragen würde, während die Väter sich anschickten, ruchlose Silver-Surfer zu werden, mit dem T-Shirt *Life begins at 66*. Wagte man allerdings, etwas darüber zu sagen, bekam man prompt zu hören, dass Picasso als Endsechziger seiner jungen Tusnelda auch noch ein Kind gemacht hätte. Alter beginne im Kopf, nicht in den Knochen; ein blutleerer Erbsenzähler sei, wer das nicht einsehen wollte.

«Eines Tages, Chopin, waren wir mal wieder in Avignon, deine Mutter und ich.»

Er sprach jetzt leise zu dem dösenden Jungen, als erzähle er ein Märchen oder sei doch noch eine Art Vater geworden, ein Wesen, das schutzengelgleich mit seinen Worten einen wehrlosen Wicht in den Schlaf wiegte.

«Wir waren wieder einmal in Avignon, der Stadt, die wir inzwischen so gut kannten wie die Ratten, die dort geblieben waren, Jahrhunderte noch nach der mühsamen Vertreibung der

Pest. Während sie, verlockt vom nächtlichen Fäulnisgeruch, ihre gemütlichen Quartiere in den Kloaken verließen, lagen wir innig ineinander verschlungen im Hotel. Davon bekamen wir nie genug. Ich war inzwischen siebenundvierzig, die Zeit stand nicht still, wenn ich das auch zu ignorieren versuchte. Und plötzlich, aus den dunkelsten Höhlen meines Gehirns, sprang der Gedanke mich an, dass ich das Leben niemals besiegen könnte. Der Körper neben mir gehörte zum schönsten und herrlichsten Wesen, das je meinen Weg gekreuzt hatte. Kein Zweifel: Sie war mein Ein und Alles. Aber ich spürte, ich wusste, dass ihre *Natur* sich nach Mutterschaft sehnte, obwohl wir nie wirklich darüber gesprochen hatten, ich war ein Meister im Umschiffen dieses Themas. Mir war klar, dass ich sie verlieren würde, sobald ich die Wahrheit unverblümt ausspräche: Ich wollte keine Kinder. Ich meine, ich war *siebenundvierzig*! Selbst wenn gleich der erste Schuss ins Schwarze träfe somit achtundvierzig, wenn unser Kind zur Welt käme. Ich wollte kein Fünfzigjähriger am Schulhoftor sein. Ich brach in Tränen aus wie schon lange nicht mehr, genauer: seit dem Tag, da der Sarg meines Vaters zum Friedhof getragen wurde. Ein schreckliches, markerschütterndes Heulen, das einfach nicht aufhören wollte, mit Schluchzern und Rotz und allem Drum und Dran brach aus mir hervor, während wir doch eigentlich ganz harmonisch nebeneinander lagen. Deine Mutter verstand die Welt nicht mehr, fassungslos, was dieses Melodram plötzlich sollte. Ich musste es ihr erklären. Wenn ich sie liebte – und das war eine maßlose Untertreibung –, musste ich ihre Urgefühle respektieren. Eine Frau hat nicht den biologischen Luxus eines Picasso. Die Jahre *spielen* eine Rolle. Es musste also jetzt sein. Ich sagte … vielmehr: ich schluchzte und stotterte und brüllte, wie sehr ich sie liebte – überflüssig eigentlich, aber ich sagte es trotzdem – und wie sehr mir klar sei, dass sie Kinder wollte, wie wenig ich mental aber dazu bereit wäre, ich wäre es niemals. Die Natur habe ihr einen Termin gesetzt, und ich hätte kein Recht, mich dazwischen zu stellen.

Sie sagte nicht: ‹Du irrst dich.›

Nicht: ‹Ich könnte mir Kinder gut vorstellen,

es würde mich glücklich machen und mein Leben komplett, aber das ist für mich vollkommen zweitrangig im Verhältnis zu unserem Glück, und wenn du keine willst, kann ich auch damit leben.›

Sie sagte gar nichts.

Und ich lag zuckend und bebend da und erkannte, dass alles vorbei war. Da nahm sie mich noch inniger in die Arme und tröstete mich. Ihrer Meinung nach geschah nichts ohne Grund. Nicht das Gute und auch nicht das Schlechte. Siehst du es vor dir? *Sie* tröstete *mich*. Wenn ich nach meinem Tod über die endlosen Affodillfelder streife, diesen mythischen Ort für jene Seelen, die im Leben nicht nennenswert gut, nicht nennenswert schlecht waren, die Mittelmäßigen, die Miesmacher, werde ich mich verfluchen für diese Nacht. Obwohl ich das natürlich auch jetzt schon tue.

Wir trennten uns. Ohne Aussprache. Ohne Adieu. Weil es unfassbar erschien, dass wir nie mehr zu einer Quantenverschränkung kommen sollten.

Drei Monate nach unserer Trennung war sie

schwanger. Ich sei der Erste, sagte sie am Telefon, dem sie diese Nachricht, die freudig sein sollte, mitteile.

Ich habe sie niemals gefragt, von wem.»

—

Allmählich machte die Sonne sich zur Landung bereit; Pierre hatte es eilig, mit seiner Geschichte zu Ende zu kommen, und redete pausenlos weiter.

«Während ihrer Schwangerschaft haben wir uns fünfmal getroffen, wir sind zusammen essen gegangen. Keine Austern, die könnten Listeriose-Bakterien enthalten, und sie wollte kein Risiko eingehen. Ein Zynismus des Schicksals, wenn ich mir dich heute so ansehe. Die Champagnerflasche blieb selbstverständlich ebenfalls zu. Auch für mich. Zu festlich. Sie hatte niemanden, ich hatte niemanden, aber jeder behielt sein Lamento für sich. Unsere Hände fanden einander wie zufällig auf dem Tisch, zwischen Salz- und Pfefferstreuer, während wir über Nebensächliches plauderten. Es tat weh. Wie viele schwangere Frauen hatte sie seit dem vierten Monat ein wahnsinniges Verlangen nach Sex. Muss mit der veränderten Durchblutung da unten zu tun haben. Zweimal hat sie mich angerufen, mitten in der Nacht, weil sie plötzlich Lust hatte. Als bitte sie mich, ihr den Rücken zu kratzen. Das wollte ich immer. Ich sprang sofort in mein Auto. Der Sex war technisch vom Feinsten, alle Huren sollten im vierten Monat schwanger sein. Aber wiederum: schmerzhaft. Wir wussten, dass etwas fehlte. Wir brauchten nichts zu erklären.

Eigentlich hatte ich erwartet, die Schwangerschaft würde sie noch schöner machen, doch das blieb aus. Der Kummer hatte den Lack von ihren Augen gekratzt.

Am Abend vor der Niederkunft rief sie mich an, sie spürte, du bist unterwegs, und wollte sich den Jammer ersparen, im Moment deines Eintritts ins Leben alleine zu sein. Zusammen fuhren wir in die Geburtsklinik. Ich stand also wieder in einem Kreißsaal. Genauso unbeholfen wie beim ersten Mal. Sieben Stunden Plackerei, man hat schon von schwereren Geburten gehört. In der Zwischenzeit quetschte sie meine

Hände zu Brei, biss mir in die Finger, warf mir während der Wehen alles Mögliche vor, bis du schließlich deinen ersten hässlichen Schrei in die Welt sandtest und der größte Komiker im Gynäkologenteam die salbungsvollen Worte sprach: ‹*Testiculos habet et bene pendentes.*› Die Grundvoraussetzung, Papst zu werden, war erfüllt! Eine Hebamme legte dich mir in die Arme und sagte: ‹Herzlichen Glückwunsch!›

Zweitausendeinhundert Gramm. Ein Fall pränataler Wachstumsstörung. Sternbild: Krebs. Es war 20:36 Uhr, das schien wichtig zu sein. Der genaue Geburtszeitpunkt wurde notiert.

Ja, Chopin, du hattest Hoden, und sie hingen gut. Aber ansonsten, das hatte ich sofort gesehen, stimmte fast nichts.»

—

Eine ganze Weile hatte Pierre vor sich hin gestarrt, auf die sanft sinkende Sonne hinter den widerspenstigen Hügeln der Provence, die Napoleon so sehr hasste, mit ihrem Mistral, ihrem Okzitanisch sprechenden Volk von

Kanaillen. Als Pierre sich umdrehte, merkte er, dass Sonny nicht länger döste, sondern vielmehr zu lauschen schien. Aufmerksam und geduldig. Keine Ahnung, wie lange er schon so dasaß.

«Den ganzen Tag erzähle ich jetzt schon von deiner Mutter, obwohl nicht einmal klar ist, ob du überhaupt weißt, wer das ist. Eigentlich dürftest du keine Erinnerungen an sie haben. Ich meine: Dein verstopfter Begriffsstutzen macht es unmöglich, dass du überhaupt irgendwelche Erinnerungen hast, aber selbst mit einem gesunden Gehirn hättest du zu diesem Archiv keinen Zutritt ... Schau mal, das ist sie ...»

Er holte ein abgegriffenes Foto hervor, das er seit Jahren im Geldbeutel mit sich trug. Ein Andachtsbild: Das Porträt einer bildhübschen, äußerst geschmackvoll gekleideten jungen Frau. Kurze Haare, stilvolle Ohrringe, Hände in den Hosentaschen, angriffslustig in die Kamera blickend, eine Guerillakämpferin vor der Exekution, vom eigenen Recht überzeugt in die Gewehrläufe starrend. Gestorben wird später.

«Alle Lesben waren verrückt nach ihr, kriegten akute Anfälle sexueller Bekehrungswut.»

Wie erwartet reagierte Sonny nicht auf das Foto. Ob er nun eine Abbildung von Schneewittchen, dem Loch-Ness-Monster oder seiner Mutter zu sehen bekam, ihm war es einerlei.

«Schnell wurde klar, dass du spezielle Hilfe benötigst und dass deine Mutter sie dir nicht geben konnte. Immer seltener konnte sie sich überwinden, dich in deinem Heim zu besuchen. Zu schmerzlich. Sie hatte eine Topfpflanze zur Welt gebracht. Und dieser Topfpflanze war es egal, wer zu Besuch kam. Du reagiertest nicht auf ihr Knuddeln, nicht auf ihre Küsse, nicht auf ihre lieben Worte. Ein paar Mal habe ich sie begleitet, weil sie mich darum gebeten hatte. Immer seltener wurden ihre Besuche, und irgendwann blieben sie ganz aus. Du merktest ja doch nichts.

Spezialisten hatten dir eine Lebenserwartung von fünfzehn Jahren vorhergesagt. Genauso lang wie die einer Knieprothese.

Ungefähr in der Mitte der dir zugesprochenen Zeitspanne wurde deine Mutter urplötzlich krank. Ich denke immer noch: Sie *wollte* krank werden. Die Krankheit, die niemand bekommen dürfte, der ganze Felder frisches Obst und Gemüse vertilgt, von Zigaretten die Finger lässt und jeden Morgen mit diesem gesunden Ekelzeug von Kefir und grünem Tee frühstückt. Aber, na ja, Gerechtigkeit als intellektuelles Konzept ist einem Virus oder Bakterium nun mal vollkommen schnuppe. Große Katastrophen fangen ganz unschuldig an, in ihrem Fall mit einem winzig veränderten Muttermal unter der Achsel. Drei Monate später war sie tot.

Sie ist allein gestorben, ohne mich zu rufen, wohl weil sie mich durch und durch kannte und wusste, wie schlecht ich im Abschiednehmen bin.»

Natürlich hatte Pierre sich lange an ihrem Tod schuldig gefühlt und Sonny, als Bußübung gewissermaßen, regelmäßig besucht. Ein Mal, hin und wieder auch zwei Mal im Monat. Bis auf Pierre und das Pflegepersonal gab es niemanden mehr, der von Sonnys Existenz wusste. Außer dem biologischen Vater vielleicht, wer auch immer das sein mochte. Aber kein Mensch hatte die Vaterschaft an diesem missgestalteten Geschöpf jemals beansprucht. Pierre war jedenfalls nicht der Vater, nicht mal der Vormund, wenn er von einigen Pflegern sowie den Spaziergängern im Park inzwischen auch so gesehen wurde. Und wenn er ehrlich war, verspürte er in gewissen Momenten darüber eine absurde Art Stolz. Sonny war sein Ersatzsohn.

Frauen sind Mütter, Männer sind Söhne. Darum hatte es auch lange gedauert, bis Pierre die Rolle des Sohnes endlich abschütteln und sich auf die andere Seite der Generationengrenze stellen konnte. Die Angst, wieder mal zu versagen, war zuletzt größer geworden als sein innerer Widerstand gegen jede Art von Familie. Angst, seinem eigenen Vater zu gleichen. Angst, in die Fehler zu verfallen, die er in der Beziehung zu seiner Tochter gemacht hatte. Ja, er hätte es gekonnt, Vater sein. Gut sogar. Das wusste er *jetzt*. Und alles wäre anders gewesen. Zunächst einmal wäre Sonnys Mutter noch am Leben, davon war er überzeugt. Und sie, zu dritt, vielleicht sogar zu viert, ein fantastisches Team. Aber was sollte das jetzt noch? Es war hypothetisch. Zu spät.

Apropos – wie spät war es eigentlich? Gerade 20:36 Uhr geworden. Jemand hatte Geburtstag, jetzt musste gratuliert werden. Sechzehn Jahre, gegen alle medizinische Besserwisserei, das erste der vier guten Lebensalter. Das Jubelfest war für Pierre der Anlass gewesen, einem verrückten Impuls nachzugeben, das Auto zu nehmen und mit dem Geburtstagskind in den Süden zu fahren. Völlig unvorbereitet. Ziemlich grotesk, wenn er jetzt näher darüber nachdachte. Eine Geschichte als Geburtstagsgeschenk war ihm als eine schöne Idee erschienen. Spielzeug war für Sonny schließlich tabu, das steckte er doch nur in den Mund. Geistig behindert bleibt geistig behindert. Er konnte daran ersticken. Also eine Geschichte. Und obwohl es im Grunde piepschnurzegal war, was er zu ihm sagte – Vorlesen aus dem Telefonbuch hätte vermutlich denselben Effekt –, kam es ihm plötzlich vor, dass er dem Jungen eigentlich etwas ganz anderes, Größeres sagen wollte. Dieses Wolkige, Kitschige, Süßliche: Du bist nicht allein. Ein Vater, ein Freund, ist an deiner Seite.

Eigentlich hatte er jetzt genug intus, komplett besoffen zu sein. Vor allem nach diesem Tag in der Sonne. Die rührseligen Sätze hätten sich damit leichter lallen lassen. Doch Pierre war mit einer oft beneideten Standfestigkeit gesegnet: Keiner seiner Freunde hatte ihn je betrunken gesehen. Erschöpft fühlte er sich aber schon. Müde und leer. Wenn sie sich nicht erst im Dunklen an den Abstieg machen wollten, mussten sie jetzt langsam aufbrechen. Morgen im Auto auf dem Heimweg könnte er Sonny seine sentimentalen Geständnisse immer noch machen. Jetzt mussten sie los ab ins Tal. Ins Balthazar, hipp, hipp, hurra, noch ein Glas Prominentenbrause die Kehle hinunterrinnen lassen. Als Schlummertrunk.

Er brauchte nur noch einen Satz, den er für den heutigen Tag in sein Notizbuch schreiben konnte.